VERLAG ANTJE
KUNSTMANN

Rayk Wieland

ICH SCHLAGE VOR, DASS WIR UNS KÜSSEN

Roman

Verlag Antje Kunstmann

Meiner immer noch und immer wieder
stark und sehnsüchtig vermißten Liane,
die nicht weiß, wie oft ich an die Zeiten denke,
als ein einziges Haar von ihr alles für mich war,
als wir im Aleutengraben festsaßen,
ohne es zu wollen, und, ohne es zu wissen,
am Strand von Samos standen,
in Liebe gewidmet.

»Als er erwachte, war der Dinosaurier immer noch da.«
Augusto Monterroso

I

Es war im Jahr 1988, da hatte mein Freund Bert den perfekten Plan, die DDR zu verlassen. Ausgerüstet allein mit seinem grünen Sozialversicherungsausweis, wollte er am Silvestertag sich über die VR Polen und die UdSSR nach Nordkorea durchschlagen und anschließend irgendwie nach Südkorea weiterziehen. Ein unmöglicherer Weg war schwer denkbar, aber er argumentierte, gerade weil diese Idee so phantastisch, so absurd sei, werde niemand daran Anstoß nehmen. Ja, die Grenzer in Wladiwostok würden zwischen einem Arztstempel und einem Nordkorea-Visum nicht zu unterscheiden wissen. Schon kurz hinter Moskau war er allerdings der einzige Ausländer weit und breit, der sich wunderte, wie reibungslos alles lief. Er kam bis zum Zug, der von Wladiwostok Richtung China fuhr. Es war eine Lokomotive mit einem einzigen Wagen, darin ein einziger Fahrgast, er. Als er seinen Sozialversicherungsausweis zeigte, klickten die Handschellen, und es ging zurück nach Berlin. Ins Gefängnis Hohenschönhausen. Kurze Zeit später bekam ich eine Vorladung zur Stasivernehmung.

Die Staatssicherheit hatte in jenen Jahren nicht mehr den Ruf eines strammen, unnachgiebigen Repressionskommandos sibirischer Bauart. Eher glich sie einem in die Jahre gekommenen, leicht verschatteten, mehr oder weniger hilflos herumstolpernden Behörden-Monstrum. Der Kundschafter- und Spionage-Charme, wenn sie den jemals besessen hatte, war längst verschollen. Zwar lag die Vorladung nicht einfach im Briefkasten, doch es waren auch keine Agenten in Kunstleder-Trenchcoats aus Torbögen getreten, um mich in ein Auto mit laufendem Motor zu verfrachten. Es ging den üblichen öden, grauen Dienstweg, eine Art stille sozialistische Post, wobei die Botschaft nie verfälscht, unterwegs aber immer wichtiger und dramatischer wurde. Ein Oberst telefonierte mit einem Parteikader, der wieder mit einem anderen, der sprach mit der Leitung, die informierte dann das Sekretariat, das stellte weiter zum Chef. Irgendwann schließlich gelangten sie in der sich hin- und herwindenden Befehlskette bis an die Universität, wo ich damals studierte, ich mußte zum Direktor, und der sagte mir in einem Ernst, der auch bei der Übermittlung einer Todesnachricht nicht unterdosiert gewesen wäre, daß es da einen Termin gebe, der mich betreffe, heute, 15 Uhr, er würde mir empfehlen - es sei ziemlich dringend, warum, wisse er nicht, dürfe er im übrigen auch nicht wissen, ich müsse verstehen -, also, ja, hinzugehen.

Bevor ich mich in der Magdalenenstraße einfand, ging ich noch einmal schnell in meine Wohnung, um dort ein kleines Expreß-Autodafé abzuhalten. Papier, stellte sich heraus, brennt nicht ohne weiteres, zumal der Ofen nicht an den Kamin angeschlossen war und bloß zu Dekorationszwecken in der Ecke herumstand. Wo früher ein Rohr zum Schornstein geführt hatte, befand sich ein schwarzes Loch. Mein Œuvre, wenn eine fern jeder Ambition im Lauf der Jahre angewachsene Zettelsammlung mit Gelegenheitsgedichten so genannt werden kann, erzeugte einen irren Qualm, der direkt ins Zimmer geleitet wurde und im Nu alles verpestete. Ich sah fast nichts mehr und rang wie in einer turbulenten Stummfilmszene mit dem Erstickungstod, bis es mir gelang, das Fenster zu öffnen. Die Schwaden stießen ins Freie, und ich bekam etwas Luft.

Ein paar Leute hatten sich unten versammelt und schauten herauf.

»Bei dir, da brennt's!« rief einer.

»Ich weiß«, sagte ich.

Es entstand eine kleine Pause.

»Es brennt!« wiederholte der Mann und zeigte mit dem Finger in meine Richtung.

»Ja, der Ofen«, erklärte ich, »er zieht nicht richtig.«

Die Schaulustigen schwiegen ernüchtert und blieben stehen, die Köpfe nach oben gereckt, ein kleiner Halbkreis unter meinem Fenster, während hinter mir weißer Rauch in den Himmel stieg.

Nach einer Weile beruhigte sich der Zimmerschlot, der Qualm zog ab, und ich konnte den Fensterposten verlassen, um die Lage zu begutachten. Im Ofen lag ein Haufen weißgrauer Asche, dazwischen halb verkohlte Seiten, die langsam vor sich hin glommen. Ein paar Buchstaben und amputierte Wortteile zündelten noch eine Weile vor sich hin. Das Deckblatt der Mappe hatte sich in der Hitze zusammengekrümmt und wollte nicht verbrennen. Der Schriftzug war noch gut lesbar. Er lautete: »Mögliche Exekution des Konjunktivs«.

In der Magdalenenstraße, dem Stasi-Hauptquartier, gab es vor allem Türen, Türen vor Türen und Türen hinter Türen, Türen um Türen herum, einzig aus dem Grund, daß nie jemand jemanden sehen oder, wie es im Geheimdienst-Jargon hieß, dekonspirieren konnte. Die Flure waren hier alle paar Meter mit Türen und Doppeltüren regelrecht gesprenkelt. So viele Türen hatte kein anderes Haus der Welt. Gut möglich, daß es der exorbitante Türenbedarf der Stasi war, der die DDR zugrunde richtete.

Durch ein ausgeklügeltes System durfte nur eine Person im Abschnitt einer Tür sein, so daß man zwischen den Türen wartete, bis andere Türen sich geöffnet oder geschlossen hatten. Nicht auszudenken, wie früh ein Stasi-Mitarbeiter aufbrechen mußte, wenn er sich zur Notdurft auf den Weg machte, denn er hatte Hunderte von Türen zu öffnen und zu schließen.

Der Stasimann in Zivil, der mich am Eingang des in sich kolossal verbauten, verschachtelten Neubaukomplexes an der Magdalenenstraße in Empfang genommen hatte, nannte sich Schnatz, Oberleutnant Schnatz. Keine Ahnung, ob er wirklich so hieß oder Schnatz nur einer von fünfzig Tarnnamen war, die er in der Identitäts-Garage hatte. Er war, schätzte ich, um die vierzig, groß, sportlich und flink und trug einen Ring von kurz geschorenem Haar unter der Halbglatze. Er arbeitete sich mit mir durch den Parcours. Wenn wir eine Schwelle überschritten hatten, schloß er zunächst, um mich herumgreifend, die Tür hinter uns, drehte sich wieder nach vorn, öffnete die andere Tür einen Spalt, schob den Kopf hindurch, um zu sehen, ob irgendwelche Personen im nächsten Bereich waren, schob die Tür dann ganz auf und bedeutete mir zu folgen. Nicht sehen und nicht gesehen werden war hier die Devise. Nach einer beachtlichen Strecke und mehrfachem Wechseln der Spur bei Doppel- und Dreifachtüren-Knotenpunkten erreichten wir schließlich den dunkel getäfelten Besprechungsraum.

Wir setzten uns. Er schlug die Beine übereinander, ich, um meine Bereitschaft sowohl zur Kooperation als auch zum Widerstand anzudeuten, ebenfalls, aber in die andere Richtung. Die Vermutungen, die durch meinen Kopf stromerten, waren unerfreulich in jeder Hinsicht. Was wollten sie von mir? Mich anwerben? Oder mich ausbürgern? So viel dazwischen gab's ja nicht.

Es begann ein Gespräch, ein scheinbar unbefangenes Geplänkel, wie mit einer Urlaubsbekanntschaft, über dieses und jenes, ein Kaffeeplausch, und ich glaube, es gab sogar Kaffee, an dem ich mißtrauisch nippte. Die Konversation drehte sich auffällig unauffällig ums Reisen, um die Frage, was vom Reisen im allgemeinen zu halten sei, was das Reisen für Vor- und Nachteile mit sich bringe, und wie ich speziell den Reisen meines Freundes Bert, wo wir gerade beim Thema seien, gegenüberstehe.

Eine heikle Thematik für Plauderstunden an Staatssicherheitskaminen. »Beihilfe zur Republikflucht« war ein Straftatbestand in engster Verwandtschaft mit der »Republikflucht« selbst. Auch die Mitwisserschaft war strafbewehrt. Es galt, vorsichtig zu agieren, ohne vorsichtig zu wirken.

»Kritisch«, antwortete ich wahrheitsgemäß. Es sei nun mal so, daß ich das Reisen an und für sich ablehne, ja ihm jeden Sinn abspreche. Prinzipiell. Letzten Endes, das sei meine Meinung, könne man da keine neuen Erfahrungen machen. Die Welt sei schließlich überall gleich, und zwar deshalb, weil man sich selbst immer mitnehmen müsse, weil man sich selbst nicht entkommen könne. Und da sei es doch besser, gleich zu Hause zu bleiben.

Mein Gesprächspartner schlug die Beine andersherum übereinander.

Mein Freund Bert hingegen, erklärte ich weiter, sei ja schon immer vom Reisen besessen gewesen. Rucksäcke tragen, auf Bahnhöfen stehen, zu fremden Leuten in fremden Sprachen »Hallo!« sagen, das finde er eben, wieso auch immer, toll.

Oberleutnant Schnatz nickte schwach und schrieb alles mit. Zwischendurch strich er sich mit der Faust über die Halbglatze, ein merkwürdiger Tick.

»Sie haben nie über Reisepläne gesprochen?«

»Nie«, antwortete ich. Ich weiß, man soll nie »nie« sagen, aber diesmal schien es mir nicht unratsam zu sein.

»Also nie?« sagte er.

»›Nie‹ trifft die Sache«, erklärte ich.

Langer Blick von ihm, kurzer Blick von mir zurück.

»Beziehungsweise, wenn, natürlich, hinterher. Er weiß, was ich davon halte, und will sich die Reiselust, logisch, von mir nicht madig machen lassen.«

Wir wechselten noch mal die Beinstellung.

Er sagte, daß ich mich melden solle, wenn Bert sich melden würde.

Ich sagte, daß ich das tun würde, falls Bert das täte.

Dann war es vorbei, Oberleutnant Schnatz bugsierte mich durch das Labyrinth der Tausend Türen wieder nach draußen, etliche von ihnen, wie mich dünkte, akzentuierter schließend als auf dem Hinweg.

Bert sah ich nie wieder. Keine Ahnung, ob er nach Nordkorea abgeschoben wurde oder nur nach Westberlin. Seine Geschichte kursierte im Freundeskreis als Beispiel für die absurde Poesie der Verzweiflung, als Nordkorea-Paradox. Ein paar Monate danach klappte die DDR wie ein falsch montiertes Chemieklo aus Versehen zusammen und kam zu den Akten. Ich vergaß die Stasi, ich vergaß diese Episode, und ich vergaß sogar die »Mögliche Exekution des Konjunktivs«, bis mir eines Tages beim Sortieren von Papieren mein grüner DDR -Sozialversicherungsausweis in die Hand fiel. Ich blätterte darin herum wie in einem Fotoalbum und besah die fremden Stempel meines fremden Lebens: »Edwin-Hoernle-Oberschule«, »Betriebspoliklinik Oberspree«, »VEB Werk für Fernsehelektronik«, »BSG Turbine Gaswerke«, »NVA Eggesin«, LPG »Hans Beimler«, »Humboldt-Universität zu Berlin«. Ganz normale Stationen einer DDR-Karriere, alles korrekt, alles normal. Ich stutzte nur, als mein Blick an einem Stempel der Volksrepublik Nordkorea hängenblieb ... wo ich ... meines Wissens ... nie gewesen war.

Was hatte der in meinem Ausweis zu suchen?

Wann sollte ich in Nordkorea gewesen sein?

Einen Moment lang – in dem ich mein Gedächtnis nach verschütteten nordkoreanischen Erinnerungssplittern absuchte und nicht mehr wußte, wer ich war und was ich tat – hielt ich alles für möglich. Daß ich in Wahrheit derjenige gewesen war, der diesen Republikflucht-Plan gehabt hatte. Daß mein Sozialversicherungsausweis von der Staatssicherheit manipuliert worden war. Daß ich es verdrängt haben musste. Daß ich in einem falschen Körper wohnte. Daß das Leben nur Trug ist, eine Erinnerungslücke, ein Schattenspiel - oder ein Lesefehler.

»Volkseigener Betrieb Nordkeramik« las ich im vierten Anlauf. Genau, da gab's mal einen Produktionseinsatz. Es hatte alles seine Richtigkeit. Die Welt war wieder in Ordnung.

Doch wer weiß: Mich hätten die Grenzer in Wladiwostok vielleicht passieren lassen.

2

Das Schicksal muss nicht immer wie im zweiten Akt von »Macbeth« an ein hohes schottisches Burgtor wummern, es kann auch ganz ordinär mit der Post kommen. Ich hätte den Brief in dem lichtlosen, vermüllten Abgrund des Kastens hinter den Angebotszetteln der Baumarktketten mit ihren ewigen Motorsägenpreistiefstands-Annoncen fast übersehen. Eine Einladung, nicht handgeschöpft, auch nicht handgeschrieben, sicher aber handgefaltet. »Sehr geehrter Herr W.«, las ich, »es ist uns ein Bedürfnis und eine Freude, Sie als Gast zu unserem Symposium ›Dichter. Dramen. Diktatur. Nebenwirkungen und Risiken der Untergrundliteratur in der DDR ‹ einzuladen. 20 Jahre nach der Wende ist der Zeitpunkt gekommen, der verfolgten und unterdrückten Literatur in der ehemaligen DDR eine Stimme zu geben. Gerade Ihr Werk bezeugt in exemplarischer Weise, welchen Widrigkeiten junge und kritische Literatur im Realsozialismus ausgesetzt war. Heute sind die Schikanen und Repressionen, unter denen Sie gelitten haben, Geschichte und vielenorts vergessen. Dagegen wollen wir Zeichen setzen, und zwar mit unserer Veranstaltung ›Dichter. Dramen. Diktatur‹ am 8. November 2009 im ›Demokratischen Haus‹. Sie, sehr geehrter Herr W., würden uns eine große Freude bereiten, wenn Sie die Einladung zu einer Lesung mit anschließender Podiumsdiskussion annehmen und wir Sie als Gast auf unserem Symposium begrüßen könnten. Mit freundlichen Grüßen, Anika Schneider / V.U.U.D. / Verein der unbekannten Untergrunddichter Deutschlands«

Guter Scherz oder schlechter Scherz – das war hier die Frage.

Ich las den Brief mehrmals, erst lachend, dann prüfend, schließlich einigermaßen betroffen. »Schikanen und Repressionen«? Ich hatte keinen Schimmer. »Lesung«? »Anschließende Podiumsdiskussion?« Vielleicht noch mit Autogrammstunde? Was konnte das sein? Was sollte das werden?

Als Schriftsteller war ich bisher nicht auffällig geworden, auch nicht als unterdrückter. In der DDR? Du meine Güte.

Mag sein, es war, möglicherweise, etwas zuviel Alkohol gewesen in letzter Zeit. Nicht ausgeschlossen, daß ich im Suff von mir als dem großen Undercover-Poeten der DDR schwadroniert hatte. Dem das berühmte Denkmal des unbekannten Untergrunddichters gewidmet ist oder schleunigst gewidmet sein sollte. Dem Verfolgten und Schikanierten, dem Beschatteten und, ja, dem Verbannten – alle Werke weg, von der Stasi verboten, vernichtet, inklusive »Faust III« und »Die ganz neuen Leiden des jungen W.«.

Biermann reloaded, diesmal ohne Seehundbart.

Vielleicht hatte ich auch – die Wahrheit ist nicht immer Gold – einen handfesten schizoiden Schub, der mich hier erstmals heimsuchte, und befand mich bereits mitten in einer dieser ominösen Parallelwelten, in denen man Briefe bekommt und Einladungen zum Abendessen mit Solschenizyn und dem Sultan von China.

Einen Anruf später wurde alles klar – beziehungsweise vollends verwirrend. Eine banale Verwechslung lag nicht vor, kein Schnitzer bei der Post, kein Buchstabendreher im System. Leider.

Ich war gemeint.

Hocherfreut, so schnell von mir zu hören, erklärte mir Frau Schneider von den »unterdrückten Untergrunddichtern« den Ablauf der Veranstaltung, wer alles dasein würde und was ich zu tun hätte.

»Daß Sie kommen«, sagte sie beschwingt und wie in Vorfreude auf singuläre Ereignisse, »freut uns wirklich. Wenn Sie vielleicht ein wenig erzählen können, wie es Ihnen so ergangen ist all die Jahre, das wäre toll.«

»Kein Problem, das kann ich machen«, sagte ich. »Aber wen soll das interessieren?«

»Da sorgen Sie sich mal nicht! – Ach ja, und vorher lesen Sie so etwa eine halbe Stunde aus Ihrem Werk.«

»Von welchem Werk sprechen Sie?«

»Na, Sie stellen Fragen. Von Ihren Gedichten natürlich.«

Das Telefonat begann, Grenzbereiche des Irrealen zu touchieren. Ich sagte, es gebe keine Gedichte von mir, könne keine geben, und falls es doch welche gebe, dann seien sie eben nicht von mir. Sie erklärte, daß sie das nicht glauben könne, daß sie sie schließlich gelesen habe und daß ein Irrtum daher ausgeschlossen sei, es sei denn, sie irre.

Ich wußte nichts, sie wußte alles – unter anderem dies: Die Gedichte, angeblich von mir, waren soeben in einer Anthologie verbotener Lyrik aus der DDR erschienen. Es lägen außerdem Berichte vor zu meinem Fall, die ich kennen müsse, jedenfalls kennen müßte.

»Sie wollen doch nicht sagen, daß Sie die nicht kennen?«

»Ich weiß überhaupt nicht, was Sie meinen.«

»Sie sind doch Herr W.?«

»Ich gehe davon aus.«

»Ich spreche von Ihnen, von Ihrem Fall.«

Ich fühlte mich allmählich in eine unkomfortable Defensive gedrängt.

»Sagen Sie mal, haben Sie nie Akteneinsicht beantragt?« fragte sie.

»Nie.«

»Nie?«

»Ja, warum? Das war mir alles immer zu, wie soll ich sagen, blöd.«

Kein Grund zu nörgeln, es lag solide in der Hand: der Einband außen grau, der Titel in blauer Schrift, »Drinnen vor der Tür«. Darunter »Gegengedichte gegen die Gegenwart / Die unbekannten Untergrunddichter der DDR, 1970 - 1990«. Eine halbe Stunde nach dem Anruf hatte ich das schmale Bändchen erworben und durchblätterte die Seiten gleichzeitig vorwärts und rückwärts auf der Suche nach einem einzigen Namen - meinem. Natürlich tauchte er nirgendwo auf, kein einziges Mal, auch nicht im Inhaltsverzeichnis, war ja klar, nirgends, sowieso, lächerlich, was für ein Unsinn - stop!

Da stand er eben doch.

Auf Seite 84 - ohne jeden Zweifel - klar und deutlich. Buchstabe für Buchstabe. Fehlerfrei. Richtig.

In Edgar Allan Poes Erzählung »Sturz in den Mahlstrom« ergraut ein Schiffbrüchiger innerhalb von Minuten, und in Goethes »Faust« macht der alte Prof nach einem aus dem Ruder gelaufenen One-Night-Stand erstmal eine Zeitreise ein paar Jahrhunderte rückwärts um die Ecke. Ich meinerseits hielt dieses Buch in den Händen und kam mir vor wie ein ferngesteuerter NASA-Roboter, der mit zeitlupenhafter Mechanik einen Gegenstand aus dem Marssand klaubt, der eine merkwürdige Botschaft enthält.

Mögliche Exekution des Konjunktivs

Ich habe eine der Liebsten,
Und diese Liebste ist schön.
Ich wollt, ich könnt mit der Liebsten
Mal um ein paar Ecken,
Mal hinter die Hecken,
Von hier bis nach drübsten
Gehn.

Tja, tja und nochmals tja.

Das Ding, es war von mir. Mein Gedächtnis startete schwach, sprang aber immerhin an. Ewigkeiten passierten die interne Rückschau. Jahrzehnte zogen vorüber. Staaten verschwanden. Mauern fielen um. Die Weine wurden billiger, die Haare länger. Ich sitze am Computer – nein, natürlich falsch: an der »Erika«, da ist das gelbe Gehäuse, da das schwarzrote Farbband, und ich tippe. Und was tippe ich? Ich kann's leider nicht sehen. Es wird doch nicht dieses Gedicht gewesen sein!?

Ich will nicht übertreiben und behaupten, daß mein Leben in Turbulenzen geriet, aber die Ereignisse fingen an, sich zu verketten. Brief, Telefonat und Buch, darin das Gedicht, von dem ich a) nichts mehr gewußt hatte und b) mich fragte, wie es ausgerechnet in diese Sammlung kam. Soweit mir von mir bekannt war, hatte ich jene präpotent-postpubertären Sehnsuchtsreime, mit denen ich in früher Jugend mich selbst auf meine Sensibilität aufmerksam machte, weder jemandem gezeigt noch jemals je veröffentlicht. Ich hatte lediglich wie mancher junge Mensch, der sich mit der Herausforderung konfrontiert sieht, Liebesbriefe schreiben zu sollen, ein paar gefühlsbetonte Verse ersonnen, vor allem um damit die Seiten zu füllen. Wenn das der Untergrund war, von dem aus die DDR lyrisch attackiert wurde, dann war er sehr, sehr schmal.

Unter dem Gedicht erblickte ich Anmerkungen, die Wissenswertes über meine Person und interessante Neuigkeiten auch für mich enthielten: »W., Jahrgang 1965, Berlin, Student. Von 1981–89 von der Staatssicherheit ›operativ bearbeitet‹. Mitglied der Untergrundgruppe ›Gruppe 61‹. Manuskripte beschlagnahmt und zum Teil vernichtet. Nach Veröffentlichung der Gedichtsammlung ›Mögliche Exekution des Konjunktivs‹ strafrechtlich verfolgt.«

Abgesehen von Jahrgang, Ort und Tätigkeit war alles entweder falsch, hanebüchen, Quatsch. Oder ich hatte – wenn das so war und stimmte – tatsächlich einen bizarren biographischen Blackout.

Immer wieder geistern Leute durch die Medien, die eines Tages an abgelegenen Stränden auftauchen, ohne zu wissen, wer sie sind und woher sie kommen. Manche monologisieren in astronomischen Formeln, andere sind virtuose Pianisten von Werken, die niemand kennt. Warum sollte ich kein verfolgter Untergrunddichter sein, der sich selbst und der Welt abhanden gekommen ist?

In meinen Erinnerungen war die DDR weit weg und irgendwo im Umfeld des Ersten Weltkriegs abgestiegen. Mit den Jahren wurde sie immer fremder, immer fragiler – wie eine Zeit vor der Zeit, eine zerplatzte historische Blase, ein entrückter Traum von praktisch nichts. Ein Film, den man lange nicht gesehen hat.

Zuerst verblaßten die ohnehin schon blassen Farben, mit denen er einst koloriert war. Dann wurde alles schwarzweiß. Der Plot wurde lückenhaft, die Dialoge dünnten aus, es gab nur noch Hauptrollen. Schließlich blieb eine Szene übrig, die aber leider, Verwechslung, aus einem anderen Film stammte. Man weiß nicht mehr, wer zuerst geschossen hat. Wurde überhaupt geschossen? Und welche Rolle spielte diese Mauer? Langsam verschwand der Ton, und der Film erwies sich als Stummfilm. Die Namen der Darsteller lagen auf der Zunge. Man kriegte den Titel nicht mehr zusammen. Schließlich nannte man ihn nur noch »diesen Film«. Und wußte nicht mehr, ob man ihn je gesehen hatte.

Was mich betraf, muß zusätzlich veranschlagt werden, daß die DDR nie mein Lieblingsfilm gewesen ist. Eindeutig zu lange Monologe, zu viele Massenszenen, jede sah gleich aus, die Handlung zog sich immer weiter hin bis morgen, übermorgen und in fünf Jahren, und was dazwischen passierte, war uninteressant. Ich vergaß das alles mehr oder weniger von selbst. Je länger der DDR-Streifen zurücklag, um so unrealistischer, unglaubwürdiger wurde er.

Die Biographie zerfiel, als wäre das Leben eine Diätzeitschrift, in ein Davor und ein Danach. Immer mal gab's, »plötzlich und unerwartet« wie in Todesanzeigen, dubiose Erinnerungsflashs. Der Geruch in Billig-Drogerie-Ketten reanimierte ausgerechnet die Intershops wieder, Läden mit Westwaren für Westgeld, durch die immer ein penetrantes Odeur von Weichspüler, seifigem Parfum und Haarlack waberte, und ich sah die Schlangen, die es sogar hier gegeben hatte, zumeist Rentner in grauen Mänteln aus Katzenhaarimitaten, und ich überlegte, was sie damals wohl gekauft hatten, und mir fiel ein: Luftschokolade.

Da war die Flasche »Balkan-Feuer«, die seit einer Ewigkeit im Keller herumlag, ein bulgarischer Dessertwein, rot, aus Karl-Marx-Stadt, EVP 5,90 Mark. Als Marcel Prousts Erzähler von seinen Sandtörtchen, den »Petites Madeleines«, naschte, zuckte er in der Sekunde, da sie den Gaumen berührten, zusammen, durchströmt von einem unerhörten Glücksgefühl, das mit einem Schlag, er vergleicht es mit der Liebe, die Wechselfälle des Lebens gleichgültig werden ließ, seine Katastrophen ungefährlich, seine Kürze imaginär, und das ihn erfüllte mit der köstlichen Essenz der Erinnerung. Bei mir flutschte der Korken, grauschwarz angelaufen, raus wie geölt, die Nase meldete schwerste Harztöne, und dann ... oha ... spuckte ich das Gebräu, das ich beinahe gekostet hätte, in einem beachtlichen Bogen so weit wie möglich in die Kellerecke.

Auch lange Flure in Krankenhäusern hatten Zeittunnel-Qualitäten: flackernde Neonlampen an der Decke, hellgrün gestrichene Wände, Bohnerwachsmilieu, um immer wieder neue Ecken führende Schilder, verschlossene Türen und ernst herumschreitende Ärzte, die einen keines Blickes würdigen, an den Wänden Bilder mit albernen, von Pseudo-Kinderhand gemalten Sonnenaufgängen, ein Warteraum voll mit Leuten, alle mit der Gewißheit, daß sie nie aufgerufen werden, daß nie eine Schwester kommen wird, aber auf einmal ist sie eben doch da, hellblauer Kittel, schmucklose Hochsteckfrisur, und sie ruft in dieser alten intoleranten Masche halb fragend, halb vorwurfsvoll einen Namen, meinen Namen: »Herr W.? Bitte!«

In der folgenden Woche mied ich meinen Briefkasten demonstrativ und marschierte kalt lächelnd an ihm vorbei. Wer weiß, welche Enthüllungen er, meine Person betreffend, noch parat hatte? Vielleicht war ich der Entdecker der Spreewaldgurke? Das Körperdouble des Ampelmännchens? Am siebten Tag wurde es mir zu albern, und ich wagte es doch. Die üblichen Rechnungen, die übliche Reklame, die üblichen Prospekte, darunter allerdings einer, den ich früher garantiert übersehen hätte: »Expeditionen in ferne Zeiten – Reisen an ferne Orte. Wo Sie schon einmal waren, ohne es zu wissen.« In der Mitte des Blattes glitzerte ein Bild von einem ausbrechenden Vulkan, der kein Feuer und keine Lava ausspie, sondern eine leuchtende Seifenblase. »Praxis für Regressions-Begleitung. Rückführungen – Rebirthing – Reinkarnation. Verbinden Sie tief verdrängte Schattenbereiche mit hohen Ebenen des Lichts! Vereinbaren Sie einen Schnuppertermin in unserem Zeitreisebüro!«

3

Traum oder Wirklichkeit? Eine pedantische Unterscheidung, die gern überschätzt wird und schnell altmodisch werden kann. Den »Verein der unbekannten Untergrunddichter Deutschlands« gab es wirklich.

Wie ich der Tafel am Eingang des Hauses entnahm, war er ein unbekannter Unterausschuß der Stiftung »Durcharbeitung DDR-Diktatur«. Er saß in einem schmucklosen Büro hinter der Friedrichstraße, eingerichtet wie eine Mischung aus Krankenkasse und Freiwillige Feuerwehr. Frau Schneider war überraschend jung, überraschend hübsch und empfing mich überaus charmant.

»Ich hatte Sie mir wesentlich älter vorgestellt«, sagte sie lächelnd und bat mich, Platz zu nehmen.

»Ich«, sagte ich, »mir Sie auch, vielleicht nicht wesentlich älter, aber doch erheblich.«

»Ich dachte schon«, erläuterte sie weiter, »gleich kommt ein oppositionelles Urgestein zur Tür rein mit Bart und grauer Mähne.«

»Vielleicht kommt ja noch wer?« antwortete ich.

»Kaffee?«

»Gern.«

»Zucker? Milch?«

Wie oft die Kaffee-Dialog-Sequenz schon wiederholt worden sein mag? Wenn ich Staat wäre, ich würde Steuern darauf erheben. Mehrsatz-Steuer. Wir saßen uns gegenüber an einer Art Besprechungstisch, und ein kurzes, vollkommenes Schweigen kam auf, das ich immer, wenn es entstand, genoß und so weit wie möglich ausdehnen wollte, weil jedes Wort, das es unterbrechen würde, ein falsches sein könnte, sein müßte – und in den meisten Fällen ja auch war.

Frau Schneider hob die entzückenden Augenbrauen leicht an.

»Nein, vielen Dank«, beendete ich nach einer Weile diese spirituelle Gesprächsphase.

Trotz ihrer Jugend war Frau Schneider bestens informiert und äußerst auskunftsbereit. Niemand wird ja umfassender belehrt als ein DDR-Bürger über seine DDR-Vergangenheit. Ich erfuhr allerhand. Daß es im Unterschied zum Westen in der DDR nicht möglich gewesen sei, einfach zu einem Verlag zu gehen und etwas zu publizieren. Daß es dort deshalb viel mehr Untergrunddichter gegeben habe, weil der Untergrund gezwungenermaßen viel größer gewesen sei. Daß viele von vornherein darauf verzichtet hätten zu veröffentlichen, um sich Scherereien mit der Staatssicherheit zu ersparen. Und daß die genauso verfolgt und unterdrückt gewesen seien wie diejenigen, die mutiger beziehungsweise unvorsichtiger waren.

Mein Part bestand hauptsächlich in zustimmendem Kopfschütteln.

»Man kann heute ja kaum ermessen«, erläuterte Frau Schneider mit staatstragendem Timbre, »welche Gefahr für die DDR von Gedichten ausging. Schon das Schreiben als solches war hochbrisant und wurde von allen Seiten beargwöhnt. Vor jeder Veröffentlichung wurde geprüft, kontrolliert und verhandelt, als ging's um Regierungserklärungen. Das eigentliche Problem aber waren die Nichtveröffentlichten, denn hier vermuteten Partei und Geheimdienst besonders staatsgefährdende Texte. Wer etwas nicht veröffentlichte, der hatte etwas zu verbergen – so einfach war die Logik und prekär die Folgen.«

»Wenn die nichtveröffentlichte Literatur schon so gefährlich war«, wandte ich ein, »wie stand's da erst um die nichtgeschriebene?«

»Ihr Gedicht ist wunderschön«, sagte sie ungerührt. »Für wen haben Sie es eigentlich verfaßt?«

Den Punkt hatte ich noch nicht bedacht.

»Ich weiß es, ehrlich gesagt, nicht mehr. Ich wußte bis vor kurzem nicht, daß es das gibt.«

»Wie? Sie erinnern sich nicht?«

»Sagen wir, kaum. Woher haben Sie's denn?«

»Warten Sie! « Sie schwang sich ins Nebenzimmer und kehrte nach kurzer Zeit mit einem beeindruckenden Stapel Akten zurück, den sie vor mir auf den Tisch bugsierte.

»Doktorarbeiten, Gutachten und Protokolle«, sagte sie nicht ohne Stolz, »alles zum Thema SED-Staat, Stasi und Literatur, was wir über unseren Verein sammeln konnten.«

Ich war beeindruckt.

»Und das alles über ein einziges Gedicht von mir?« fragte ich mit nur halb gespieltem Entsetzen.

Da mußte sie, sehr mädchenhaft plötzlich, laut kichern.

»Naja«, sagte sie, »aber schauen Sie ruhig mal rein. Ich glaube, Sie sind ...«, sie suchte und blätterte, »ja, hier ist etwas über Sie. Ich lasse Sie allein. Wenn Sie Fragen haben – bin nebenan.«

Sprach's und verschwand.

Akteneinsicht. Stasi. Gauck-Behörde. IM-Vorlauf. Operative Personenkontrolle. Wörter, bar jedes sexy Charmes, die, bei mir zumindest, einen Gähnreflex auslösten, einen enormen Schub Langeweile. Kann man leider nicht steigern: Längsteweile? Langeweilste? Die Milchmädchen-Moral, die die Debatte in den Jahren nach '89 prägte, wollte ich nicht geschenkt haben.

Auch von heute aus gesehen wirkt sie kaum wie großes Kino. Wen soll das fesseln: Welcher IM da in, sagen wir, Jena heimlich auf dem Dachboden saß, wer die Spur der entwendeten Tomaten aus der Betriebskantine aufgenommen und wer einen Honecker-Witz weitergemeldet hat? Die Spitzel in der DDR konnten einem leid tun: Immer nur übernächtigte Liedermacher überwachen, mal den Taxifahrer, der Zahncreme aus dem Westen schmuggelt, mal die angehende Pionierleiterin, deren Onkel einen Ausreiseantrag gestellt hat.

Shakespearereife Stoffe sehen anders aus.

Zwei-, drei-, viermal, erinnerte ich mich, dürfte ich ihr Ende der achtziger Jahre begegnet sein, der Stasi. Zuletzt bei jenem Nordkorea-Verhör in der Magdalenenstraße mit Oberleutnant Schnatz. Einmal wurde ich in Pankow an der Mauer auf der falschen Straßenseite erwischt, die schon als Grenzgebiet galt und nur mit Passierschein betreten werden durfte. Dann fuhr ich beim Trampen in einem Westwagen mit und durfte nach dem Aussteigen gleich wieder in einen dunkelblauen Lada umsteigen, um Erklärungen abzugeben. Und da waren die zwei Typen von der Telefon-Entstörungsstelle, die vor meiner Tür standen, obwohl ich gar kein Telefon hatte. Sie gaben sich in der Wohnung ohne viel Drumrum als Mitarbeiter der Sicherheitsorgane zu erkennen und hielten mir einen Zettel unter die Nase. Darauf war ein Gedicht. Sie wollten wissen, ob ich der Autor sei.

Ich schaute, und ich prüfte, und ich überlegte, und ich sagte: »Nein.«

Ob ich sagen könne, wer es eventuell geschrieben habe?

Ich zuckte mit den Schultern. »Klopstock? Möglicherweise?« fragte ich.

Sie wußten es auch nicht. Nach einer Weile sinnlosen Prüfens – ich hielt das Blatt gegen das Licht, drehte es mehrmals herum wie eine potentielle Fälschung – verabschiedeten sie sich, für meine Begriffe etwas zu freundlich, und gingen.

In diesem Land schrieb ja jeder – ohne es zuzugeben. Wurde man gefragt, ob man schreibe, hätte man nur nach der Vorlage unwiderlegbarer Indizien eingestanden, es zu tun – wobei es seinerzeit eine gewisse Mode war, Literatur als heilige Angelegenheit zu betrachten, die niemand einfach so macht. In der DDR gab's ja auch kaum Kommunisten, die von sich aus erklärten, daß sie Kommunisten seien. Kommunist zu sein galt als schier unerreichbares Fernziel eines vorbildlich im Dienste der historischen Mission und der Menschheit absolvierten Lebenslaufes. Mit dem Schreiben war es ähnlich. Wer schrieb, besaß selten die Kühnheit, zu sagen: »Ich schreibe.« Besser, er sagte: »Ich versuche, zu schreiben.« Am allerbesten aber sagte er: »Ich versuche etwas in der Art, das eines Tages vielleicht in eine Richtung gehen könnte, die Schreiben zu nennen wäre.« Alle, die damals schrieben, redeten so, und es waren viele. Die DDR wurde über Jahre von einer regelrechten Lyrikepidemie heimgesucht.

Ich stritt es sicherheitshalber immer gleich rundum ab.

Das Gedicht, das mir die falschen Telefonmänner unter die Nase gehalten hatten, erblickte ich jetzt wieder in der Aktensammlung des V.U.U.D., als Beispiel für das aus vielen Zeugnissen sprechende, unterdrückte poetische Kritikpotential der DDR-Bevölkerung:

Dringende Bitte

Baby, wenn du sterbst,
Baby, dann ist Herbst.
Nicht nur diese Jahreszeit.
Sondern alles landesweit
Hat dann, ehrlich, keinen Sinn,
Wenn du wärest hin.
Ringsumher sinkt das Niveau,
Sogar im Politbüro.

An muß ich dich flehen,
Nicht von mir zu gehen.

Zeilen, die ich - wie ich nicht dunkel, sondern schon düster erinnerte - einem Brief an die Geliebte beigelegt hatte, der ich damit zu imponieren hoffte. Die Stasi hatte den Brief abgefangen. Wie, wann, warum und was sie wem genau damit beweisen wollte, war mir nicht ganz klar. Zugegeben, dem Ding war eine homöopathische Doppelbödigkeit nicht abzusprechen. Aber in puncto Harmlosigkeit war es auch nicht ohne.

Es muß da in der Spätphase der DDR eine völlig verpeilte, haarsträubend hirnverbrannte Truppe von Leuten gegeben haben, die zur feindlichen Gedicht-Abwehr gebildet wurde. Kritzelte jemand einen Aphorismus auf den Bierdeckel, rückte das »Spezialkommando Spruchdichtung« aus. Reimte wer »sauer« auf »Mauer« wurde die »Einsatzbrigade Sonett« alarmiert. Schmückte ein sechzehnjähriger Schüler seine Liebesbotschaft mit ein paar süßen Versen, dann stiegen die »Abfangjäger der lyrischen Landesverteidigung« auf, um die Brieftaube abzufangen. Und durch irgendeine Fehlschaltung im Apparat, Spätfolge des Biermann-Traumas oder tragische Namensverwechslung, hatten sie offenbar mich als Nachwuchsgefahr im Visier und als lyrisches Hochsicherheitsrisiko eingestuft.

Zu dem Gedicht gab's gleich mehrere Gutachten, die von irgendwelchen Hauptunterabteilungen oder Unterhauptabteilungen angefertigt worden waren und mit großkalibrigen Phrasen nur so um sich schossen: »Nihilistische Weltanschauung ... operativ bedeutsame Anhaltspunkte ... feindlich negativer Charakter klar erkennbar ... Zweifel am Lebensinhalt ... Aufklärung d. Persönlichkeitsbildes des W. ... Verhinderung der Pläne und Absichten ... Erkenntnisse zu Verbindungspartnern des W. sammeln ... Erzieherische Einflußnahme ...«

Wörter waren das, die in ihrer sperrigen Hilflosigkeit fast Mitleid erregten und sogar so etwas wie nostalgische Eruptionen, ja Sehnsucht nach diesem in jeder Beziehung verlorenen Land hervorriefen.

Ich kam mir vor wie ein unfreiwilliger Nachfolgekandidat auf dem Posten von Kafkas K. Jemand mußte mich verleumdet haben. All diese Akten, all diese Vorgänge, all diese Bände! Und wie ich da leicht düpiert saß mit all diesen sinnlosen Blättern, die anscheinend meinetwegen vollgeschrieben worden waren, begann ich zu schielen, die Buchstaben wurden plötzlich unscharf, es spukte in meinem Kopf, und ich hatte einen Erinnerungsschub. Da war eine weitere Begegnung mit den Sicherheitskaspern gewesen, die ich vergessen, verdrängt, völlig aus dem inneren Auge verloren hatte.

Drei Leute - oder waren's zwei? - saßen mir gegenüber, genau an so einem Tisch wie hier, und zwischen uns lagerte der Aktenstapel mit Gott wer weiß was für brisanten Aktennotizen. Jedenfalls zeigte einer von den dreien immer wieder drohend zu ihm hin, als sei er ein Beleg für irgendwas.

»Wissen Sie, was hier alles steht?«

Ich hatte keine Ahnung.

»Protokolle sind das, Gutachten, die wir haben machen lassen, mehrere Gutachten übrigens. Erzählen Sie uns nichts! Wir wissen Bescheid. Wir haben es hier schwarz auf weiß.«

Eine Gerichtsverhandlung.

Ein Tribunal.

Ein Schauprozeß.

Die drei waren uniformiert, und sie erhoben Anklage gegen mich oder gegen ein Gedicht von mir. Der Unterschied spielte keine große Rolle. Der Ober-Ankläger polterte, als säßen wir in einem riesigen Saal mit Hunderten von Zuhörern. Dabei befanden wir uns in einem winzigen, kümmerlichen Zimmer, und Publikum gab's auch keins.

»Wir wissen mehr, als Sie denken«, wiederholte er ein paarmal, »wir wissen mehr, als Sie denken ... Das müssen Sie wissen!«

Mitten in diesen Spuk hinein schwebte Frau Schneider, um halb aufgeräumt, halb besorgt zu fragen, wie es stehe.

»Großer Bahnhof für so ein kleines, unschuldiges, unveröffentlichtes Gedicht«, sagte ich.

»Öffentlichkeit«, dozierte sie, »begann für die Stasi knapp unterhalb einer Skatrunde – bei zwei Personen.«

»Ich glaube, ich beginne zu begreifen«, sagte ich.

»In Ihrem Fall könnte man sagen: sogar bei Patience«, sagte sie.

»Ja, klar«, sagte ich.

»Und?« fragte sie.

»Und was?« fragte ich. »Gibt es auch ein Kartenspiel ohne Karten?«

»Und haben Sie es sich überlegt? Kommen Sie zu unserem Symposium?«

4

Neugier wider Willen peinigt mich, als ich den Antrag über Auskunft betreff »Verwendung personenbezogener Unterlagen« bei jener Behörde stelle, deren Name leicht den Verdacht weckt, daß sie wie der Hund zu seinem Herrchen gehört, bei der »Bundesbeauftragten für die Unterlagen des Staatssicherheitsdienstes der ehemaligen Deutschen Demokratischen Republik«, zwanzig Jahre, gefühlte zweihundert Jahre, nach der Wende.

Wer weiß, was noch alles in meinem Gedächtnis begraben liegt. Nicht ausgeschlossen, daß ich von der Sorte staatsgefährdende Schülergedichte noch ein paar in petto hatte. Insgeheim hoffe ich, daß diese Akten, diese Berichte, dieser ganze Bespitzelungs- und Bearbeitungszirkus sich als nichts anderes als eine Erfindung der Stasi herausstellen werde. Eine Kreation des Apparats, dem es zu langweilig geworden war. Eine eigene Schöpfung mit eigenen Gesetzen und Figuren. Mit Geschichten, die von Mitgliedern einer lyrischen Untergrundarmee handeln, die Staat und Partei angriffen. Einer lyrischen Untergrundarmee, die die DDR mit Privatreimereien von scheinbarer Harmlosigkeit fast für immer ruiniert hätte, wären da nicht die Kämpfer an der unsichtbaren Front, die Kundschafter, Führungsoffiziere und inoffiziellen Mitarbeiter gewesen, die im letzten Moment die unbekannten Dichter aufspürten und stoppten.

Ein paar Wochen später kommt Post, eine Nachricht aus der Vergangenheit. Genaugenommen ist ja alle Post von gestern oder aus länger zurückliegenden Tagen, aber abgesehen von kuriosen Irrläufern zwischen längst verstorbenen Fernschachpartnern sind Sendungen, die sozusagen nach zwanzig Jahren eintreffen, wie eine Flaschenpost am Kindergeburtstag.

Sie ist da, die Akte.

Ein voluminöses Paket, zweimal 300 Seiten, obenauf ein Schreiben der Bundesbeauftragten, aus dem hervorgeht, daß ich weder offiziell noch inoffiziell als Mitarbeiter geführt wurde.

Gut zu wissen. Hätte ja sein können.

Dann jede Menge Kopien, Stempel, Registerkarten, Arbeitsbescheinigungen, Beurteilungen, Aufenthaltsgenehmigungen, Zeugnisse. Netter Zug des MfS, für die Rente habe ich wieder alles beisammen.

Blätter, blätter, Blatt für Blatt.

»Deckname ›Spiegel‹« steht auf der ersten Seite, darunter »OPK«, operative Personenkontrolle. Wahnsinn, offenbar hatte sich das Hamburger Nachrichtenmagazin für mich interessiert. Karteikarten, Kopien, Ablagen. »Erfassungs-Nr.«, »Bearbeitungsmaßnahmen«, »Ereigniszeit«. Bei »Rechtsnormen« steht: »Vollendung-Hinweis«, darunter bei »weitere Deskriptoren«: »Herabwürdigung WD, Verleumdung Repräs. Postkontakt / Nichtm., fluchtwill., offz. Zweckverh.« Ein Tanz komischer Abbreviaturen und Fragmente, fast eine Eigenparodie auf den amtlichen Abkürzungsfuror, Scrabble für Feierabend-Geheimdienstler.

Dann folgen Briefe, handgeschrieben - oha, das sind ja Briefe von mir, meine Briefe an Liane in München, ihre gerichtet an mich, Liebesbriefe. Wie peinlich. Daneben Randbemerkungen von Oberleutnant Schnatz. Und, tusch!, jede Menge Gedichte, tatsächlich. Was für eine Wiederbegegnung! Die Stasi hat sie mit Unterstreichungen und Kommentaren versehen. Berichte über Berichte über die »einschlägig bekannte Gruppe 61«, die »feindlichen Aktivitäten der Gruppe der 61« und die »im Untergrund tätige Gruppe 61«. IM »Klaus Berger«, IM »Heiko«, IM »Max«, IM »Spieler«.

Was für Namen das sind! Die hätten ruhig etwas glamouröser ausfallen können.

Die alten halbverblaßten Kopien, die Stempel mit ihrer Kartoffeldruck-Patina, die sie jetzt haben, und die betont sachlichen, disziplinierten Buchstabentypen der elektrischen Schreibmaschinen, die die Behörden der DDR verwendeten - ein Hauch von Heimat weht mich an aus den monströsen Unterlagen. Irgendwer muß das ja alles getippt und wieder abgetippt, geprüft, gestempelt, gegengezeichnet und »f.d.R.d.A«, für die Richtigkeit der Angaben, unterschrieben haben: Sekretärinnen, Tippkolonnen, unterirdische Schreibabteilungen des MfS. All die »Aktenvermerke«, »Abschriften«, »Auszug Speicher«, »Ermittlungsberichte«, »operative Wertungen«, »mdl. Informationen« - was für eine Arbeit, welch trivialer Krempel, was für eine besinnungslose Vervielfältigung von nichts.

In die Psyche der Sekretärinnen will ich mich lieber nicht hineinversetzen. Sie muß von heroischer Selbstabgewandtheit geprägt gewesen sein. Kaum vorstellbar, daß sie während ihrer mühseligen Arbeit launige Bemerkungen machten, schäkerten oder auch nur vor sich hin murmelten. Fast möchte man hoffen, daß sie aus Überdruß oder in einem anarchistischen Akt sich kleine Späße beim Abschreiben geleistet hätten. »W. steht zwei Stunden in Spreewaldtracht auf einem Bein ...« Oder: »Meditiert exzessiv über einem Autogramm von Margot Honecker.« Eine Übertreibung hier, eine phantastische Verdrehung da, und diese zähen, einförmigen Berichterstattungen wären gleich viel spannender.

Zum Zeitpunkt des Beginns der »operativen Maßnahmen«, Anfang der Achtziger, bin ich gerade sechzehn Jahre alt. Im frühen Vogel steckt der Wurm. Warum die Observation nicht bereits nach der Geburt im Kindergarten beginnt, geht aus den Akten nicht hervor.

Die Stasi beobachtet mich zunächst, weil sie mich für ihr Berliner Wachregiment »Felix Djerschinski« anwerben will, eine Armee-Einheit für die ganz Treuen, unterstellt dem MfS, zuständig für Spezialaufgaben. Beworben habe ich mich dafür nicht und weiß auch nicht, daß geworben wird. Das ergibt sich offenbar von selbst, inklusive Überwachung, Postkontrolle, Befragung hier, Einschätzung da. Reine Routine.

»Aufgrund von Strukturveränderungen« ändert sich jedoch der Plan, und man geht direkt dazu über, »feindl. negative und herabsetzende Äußerungen« zu unterbinden.

Ich bin zu der Zeit in der Lehre zum Elektriker, will aber eigentlich studieren, Philosophie. Starke Verdachtsmomente. Tagsüber arbeite ich, anschließend geht's zur Abendschule, das Abitur nachzuholen. Um nachts nicht einzuschlafen, stelle ich eine Kerze vor das Buch, das ich gerade lese, und jedesmal, wenn mein Kopf nach unten sinkt, wird es sehr heiß. Kants »Kritik der reinen Vernunft« studiere ich im Gehen. Doch für seine seitenlangen Parenthesen sind selbst die weltraumlandebahnbreiten Straßen der Hauptstadt der DDR entschieden zu eng.

Die Post zu Freunden und Freundinnen wird abgefangen und ausgewertet. So verschafft man sich ein paar Poesiealbum-Verse, die ich als sechzehnjähriger, verzweifelter Elektriker-Lehrling verfasse, u.a. die Strophen aus »Frage eines jugendlichen Arbeiters«:

FRAGE EINES JUGENDLICHEN ARBEITERS

Am Abend steh ich vor dem Spiegel,
Ich grüble einfach vor mich hin.
Ich frag mich, ob ich lebe oder lüge,
Ob ich das will, was ich jetzt bin?

Ich bohre Löcher ins Metall,
Ich säge Eisen, biege, schraube,
Ich löte, klopfe, schlage überall
An meinen Kopf, damit ich's glaube.

Weil mein Beruf mein Herz zerstört,
Weil ich verlier dort das Gefühl,
Weil ich das tu, was sich gehört,
Werd ich senilkonfus, konfus-senil.

Der Stumpfsinn ödet mich so an.
Ich kann dir gar nicht sagen, wie.
Er ödet, er ödet, er ödet. Bis wann
Das geht? Wann das aufhört? Nie.

Ich werde hier versinken und versauern
Bei Schaltanlagen, tief im Graben.
In Kellern, Schächten, hinter Mauern
Werd ich mich selbst vergessen haben.

Ich werd mich selbst zum Eisen gießen.
Mein Kopf wird bald ein Schalter werden.
Und Lötzinn wird durch meine Adern fließen.
Und, tja. Das war es dann auf Erden.

Am Abend steh ich vor dem Spiegel,
Ich grüble einfach vor mich hin.
Ich frag mich, ob ich lebe oder lüge,
Ob ich das will, was ich jetzt bin?

Daher der Deckname also, »Spiegel«. Das Gedicht ist die Initialzündung für eine Reihe von seitenlangen Lyrikexegesen gleich mehrerer Ober- und Unterabteilungen, die heute als reinster

Nonsens hell erstrahlen. Ein Geheimdienst, der sich für die Pubertätsprotuberanzen eines 16Jährigen interessiert, muß in seinem innersten zentral-zerebralen Kern plemplem, völlig gaga sein. Gut möglich, daß dieser Staat, der einen grotesk überschätzten Liedermacher mit Hängeschnauzer sogar ausbürgerte, am Ende durch die obsessive Konzentration seiner Spezialkräfte auf harmlose Hobby-Existentialisten wie mich völlig konfus wurde.

Ich bin, auch wenn die Stasileute das nicht wissen wollen, völlig unpolitisch. Die IM müssen dennoch eine Meldung nach der anderen absetzen und einem an den Haaren herbeigezogenen Feindbild zuliefern, weil sie offenbar selbst unter Druck gesetzt werden. Vielleicht gibt's einen Ausreisefall in ihrer Familie, vielleicht wollen sie Medizin studieren, vielleicht haben sie auf einem Autobahn-Transitparkplatz eine Schachtel West-Zigaretten eingesteckt.

Ein Riesenaufwand. Kindisch das meiste, kolossal banal. Für die Stasi bin ich, der nur für sich und die Liebste schreibt, eine tickende Lyrikbombe. Sie leitet »Ermittlungen« und »operative Maßnahmen« ein und konfisziert Gedichte für den Frieden (»fatalistische Anschauungen«), über die Jahreszeiten (»negative Grundhaltung zu Teilbereichen der sozialistischen Gesellschaft«), über das Leben im großen und ganzen (»verleumderischer und diffamierender Charakter«). Noch 1989 beschlagnahmt sie, als seien es Schlüsseltexte der Konterrevolution, meine Privatreimereien und läßt seitenlange Gutachten anfertigen.

Die Lage spitzt sich zu, als ich zur Nationalen Volksarmee komme und weder das Schreiben von Liebesbriefen nach drüben noch das von gemeingefährlichen Texten einstelle. Immer mehr Leute, die ich kaum kenne, bekunden Interesse an meinem Werk, verlangen »Härteres« bzw. etwas »richtig Hartes«. Eine Hauptabteilung I/MBV, inzwischen mit einem Oberst und Oberstleutnant im Kreativteam, konzipieren »zielgerichtete operative Maßnahmen« und die »Schaffung von Beweisen«. Paragraph 220 des DDR-Strafgesetzbuches wird in Stellung gebracht: »Staatsverleumdung«. Man kommt überein, mir in einem »Vorbeugegespräch« zunächst wahlweise zwei Jahre Freiheitsentzug anbieten zu wollen oder mich anzuwerben, was im magisch-poetischen Stasi-Sound so klingt: »Erstellung eines persönlichen Kontakts zum W. und Prüfung einer Kontaktierung und späteren operativen Nutzung nach Absprache.«

Der Ausstoß an Zielstellungen, Berichten und Festlegungen, die Akte zeigt's, ist beeindruckend. Ich ahne gar nichts, bringe fatalerweise weiterhin »fatalistische Anschauungen« zu Papier und auf Zettel, die mit stiller Post zu einer »Abteilung 2000« wandern.

MAL UNTER UNS

Die dummen Schweine, die da thronen
In allerhöchsten Positionen
Und in den abgesperrten Zonen,
Wo sie mit warmen Hintern wohnen
Und ihre Ärmelschoner schonen,
Nicht eine Zeile würde für sie lohnen.

Jetzt ist die Kuh auf dem Eis.

»Zu Beginn des Gesprächs«, heißt es im Protokoll, »wirkte der W. sehr nervös und unruhig. Im weiteren Verlauf legte sich aber seine Nervosität und er antwortete ruhig und aufgeschlossen. Beim konkreten Sachverhalt war dem W. aber erneut Unruhe anzumerken, welche sich dann im Gesprächsverlauf wieder legte. Er erklärte, daß er mit seinem Gedicht keine negativen oder feindlichen Absichten verfolgte, sondern mehr eine Ironie ausdrücken wollte.«

Das war sie, meine erste Begegnung mit Oberleutnant Schnatz. Ich erinnere mich. Vernehmung wegen dringenden

Tatverdachts, Taten in Tateinheit mit und im Bewußtsein von, staatsfeindliche Gedichte, Freiheitsentzug, Verstoß gegen Paragraphen soundso, soundso und soundso. Die Worte schwirrten mir im Kopf. Es war ein Schock. Mein ganzes Leben, mein Lebensplan, mein Studium – das alles war, von einem Moment auf den anderen, vorbei, erledigt, fin de partie.

Beim Lesen im Protokoll in der Akte kann ich mich über meine mit voranschreitender Verhördauer erwachende Fürwitzigkeit, ja, Frechdachsigkeit nur wundern. Sogar die Stasi vermerkt, »daß der Genannte während des Gesprächs selbstsicher und überlegt auftrat«.

Als Eröffnung dient die geplante Offerte einer Freiheitsstrafe, die mir für zwei Jahre in Aussicht gestellt wird. Grund, Delikt und Hauptverfehlung: »Tatbestandsmerkmale gem. Paragraph 220 StGB«, »Herabwürdigung der staatlichen Ordnung oder staatlichen Organe, Einrichtungen oder gesellschaftlichen Organisationen oder deren Tätigkeit oder Maßnahmen«.

Klartext also, Oberleutnant Schnatz will gar nicht lange herumreden, die öffentliche Verbreitung von Gedichten verleumderischen und die sozialistische Ordnung herabwürdigenden Charakters.

Ich streite das sofort ab. Ich hätte sie nur einem Freund gezeigt oder höchstens zweien, und das sei ja wohl keine Öffentlichkeit.

Doch, ja, allerdings, selbstverständlich, Öffentlichkeit beginne ganz klar und genau außerhalb einer Person, also bei zweien, insistiert Schnatz.

Nein, kann nicht sein, niemals, beharre ich, und wenn doch, tät's mir leid, die Sorte Öffentlichkeit sei mir nicht geläufig, ich sei im Grunde ein öffentlichkeitsscheuer Mensch, aber wenn das schon Öffentlichkeit sei, dann, bitteschön, sei das eine mir unbekannte Mikrostruktur von Öffentlichkeit.

Auf Ausflüchte wie die ist Schnatz bestens vorbereitet. Er

streicht sich mit der Faust über die Halbglatze. Wie es dann möglich sei, fragt er mich fast höhnisch und vorwurfsvoll, daß sogar sie, die Stasi, Kenntnis von diesen Gedichten habe erlangen müssen? Wie denn die Gedichte überall herumkursieren könnten, wenn ich sie angeblich niemandem gegeben hätte?

Vielleicht war das der Punkt in dem Verhör, wo ich spürte, daß die Stasi auf Unterstellungen angewiesen war, daß sie mir nur etwas unterstellen konnte, mehr nicht. Daß sie nichts in der Hand hatte. Oder nicht viel. Und unterstellen, das konnte ich auch.

Keine Ahnung, sage ich, ich sähe da nur eine Erklärung, sie müssten mir gestohlen worden sein, von wem auch immer. Ob er, Genosse Oberleutnant, das nicht herausfinden könne?

Wie Öffentlichkeit zustande komme, belehrt mich daraufhin Schnatz, sei völlig irrelevant, ich sei verantwortlich, und ich hätte auch die Konsequenzen, alle Konsequenzen zu tragen, wenn ich nicht die nötige Sorgfalt beim Umgang mit derartigen Texten walten lasse.

»Wie Öffentlichkeit zustande kommt, ist völlig irrelevant?« frage ich nach.

»Allerdings, absolut irrelevant!« bekräftigt Schnatz.

»Dann«, stelle ich fest, »hätte ich die Gedichte ja auch selber verbreiten können.«

Ich sehe ihn wieder vor mir: Schnatz, aufgebracht und wütend und sauer, immer wieder nervös mit der Faust über die Halbglatze streichend. Er lenkt das Gespräch jetzt auf die eigentlichen »verbrecherischen Handlungen«, die Gedichte, und die Unterhaltung driftet schnell ab in lyrik-interne, poetologische Filigranbereiche. Es geht um Versformen und -füße und die paradoxale Semantik des Offensichtlichen.

Mein Standpunkt ist, daß das Gesagte dadurch, daß es gesagt wird, gerade nicht gesagt ist. Gedichte, erkläre ich, bedeuteten nie das, was sie bedeuteten, andernfalls wären sie keine Gedichte. Dem Oberleutnant will das nicht einleuchten. Er interessiert sich mehr dafür, wer gemeint sei mit den »dummen Schweinen in allerhöchsten Positionen«. Gute Frage. Niemand, antworte ich ausweichend, ich wüßte keinen. Denn mit der letzten Zeile hätte ich ja alles, was davorsteht, für null und nichtig erklärt. Im Grunde sei das, was ich geschrieben habe, eher eine Kritik an der Kritik, Selbstkritik, Kritikkritik.

Schnatz, rechts und links sekundiert von zwei weiteren Lyrikspezialisten, läßt nicht locker. Verleumdung, Diffamierung, Herabwürdigung, strafrechtlich relevante Verächtlichmachung. Was »dumme Schweine« denn anderes sein sollten als das, was »dumme Schweine« eben seien?

Ich baue eine neue Verteidigungslinie auf: den Konjunktiv. »Würde« würde da stehen. Ich sei, darum gehe bei mir alles, Konjunktiv-Fan. Deshalb hätte ich die Zeilen um dieses Wort »würde« praktisch herumgebaut. Dichter machten das öfter. Manche schrieben ein ganzes Drama, nur um ein einziges Wort zu sagen.

»Dieser Schiller zum Beispiel …«

»Schiller? Frank Schiller aus der 102. Kompanie?« wirft Schnatz ein, wild mit der Faust über die Halbglatze reibend. Es sieht ganz so aus, als wolle er mit dieser albernen Technik da oben ein Feuer anfachen.

»Fritz«, sage ich, »Friedrich – Friedrich Schiller hat sein Drama ›Die Räuber‹ auch nur geschrieben, damit er dort ein einziges, ganz bestimmtes Wort unterbringen kann.«

»Welches?« will Schnatz wissen.

»Sie dürfen es nicht mir anlasten … Das ist auf Schillers Mist gewachsen.«

»Das Wort!« beharrt Schnatz.

»Kastratenjahrhundert.«

Schnatz schreit beinahe auf. »Das werden Sie bereuen«, ruft

er, die Faust auf seiner Glatze ballend, aus. »Wir werden das sehr, sehr gründlich prüfen, ob das wirklich da steht, bei Ihrem Schiller, und wenn nicht, dann können Sie sich auf etwas gefaßt machen.«

Natürlich gelingt mir nicht, die Leute von meinen unabsichtlichen Absichten zu überzeugen. Doch von Straftat und Freiheitsentzug ist plötzlich keine Rede mehr. Ich werde belehrt, streng ermahnt, und ich muß eine Stellungnahme schreiben, in der ich mich »teilweise« von dem Gedicht distanziere, das nur »z.T. einen Stand der Selbstverständigung über dieses Thema« widerspiegele, und zwar »zu einem früheren Zeitpunkt«. Geschrieben hätte ich es nur, »um zugespitzte Thesen der Kritik zu stellen«. Nicht einverstanden sei ich »mit einer Interpretation, die einzelne Passagen aus dem Zusammenhang reißt«.

So weit, so kleinlaut. Ein Held bin ich nicht. Dann der Satz: »Im Verlauf des Gesprächs ist mir klargeworden, welche Bedeutung dem Umgang mit derartigen Ratten zukommt.«

Ratten? Welche Ratten?

Hinter der mit Schreibmaschine getippten Seite mein handschriftliches Original. Ich lese, und da steht etwas anderes. Klar sei jetzt, »welche Bedeutung dem Umgang mit derartigen Texten zukommt«.

Der Freudsche Verschreiber oder vielmehr dieser punktgenaue kreative Paukenschlag der Sekretärin, in deren Kopf die Vorurteile vermutlich Amok liefen, als sie den Schwachsinn in zigfacher Ausfertigung abschreiben mußte, bewahrt mich bis zum Untergang der DDR vor weiteren »Erstellungen von persönlichen Kontaktierungen« und »operativen Nutzungen nach Absprache«.

Gesammelt, kopiert, beobachtet, berichtet, bespitzelt wird freilich munter weiter. Doch meine Texte sind jetzt erfrischend hermetischer.

Der Spurwechsel

Ich sitze im Wagen
Und wechsle
Zum Überholen
Die Spur.
Ich war gern dort, wo ich herkomme.
Ich bin gern da, wo ich hinfahre.
Auch unterwegs zu sein ist schön.
So könnte es immer weiter –
Gähn.

Kein Kommentar, keine Unterstreichung, keine »operativ bedeutsamen Momente«. Sie kennen das Original nicht. Oberleutnant Schnatz hat nichts anzumerken.

5

Dass die Jugend verblasst und irgendwann nicht mehr ist als eine müde Anekdotensammlung - okay. Auch Ländergrenzen werden hin und wieder neu sortiert, Stadtviertel weggesprengt, und in der Kinderstube eines, sagen wir, Herrn Schmidt kann dreißig Jahre später ein Reifenhandel eröffnen. Dramen, die die Welt kennt.

Im Fall des Falles der DDR ist das Unheimliche, daß die komplette Bevölkerung eines Landes über Nacht umoperiert wurde. Die gleichen Leute in den gleichen Häusern und mit den gleichen Namen benahmen sich plötzlich anders, komisch. Sie hatten neue Klamotten und Frisuren. Benutzten duftende Zahncremes und fremde Wörter, wechselten die Gardinen, tauschten jeden Nagel in ihren Wohnungen aus, und sie sprachen von einer ganz neuen, aufregenden Zeit, der Zeit danach. Die Wende dürfte das größte Massen-Coming-Out der Geschichte gewesen sein. Alles, was noch mit dem früheren Leben verbunden werden konnte, mußte so schnell wie möglich verschwinden: die Einschußlöcher an den Fassaden, die noch aus dem Zweiten Weltkrieg stammten, die Schlafzimmermöbel, auf die man einst stolz war, und die Unterwäsche, die auch, die zuerst.

Ich weiß, wovon ich spreche. Zwar war ich früher keine Frau, aber offenbar ein Lyriker, der staatsgefährdende Verse schmiedete, verfolgt wurde und der heute davon nichts mehr weiß oder wissen will - beziehungsweise doch. Aber wie? Es führt kein Weg zurück. An die DDR denken ist wie an ein Niemandsland denken. Alle Erinnerungen sind mit Klischees kontaminiert. Idyllisierender oder dämonisierender Unfug ist die Regel, der Rest mühseliges Durcharbeiten einer Unwirklichkeit, die nie existiert zu haben scheint – als wäre die Mauer im Gedächtnis wiederauferstanden.

Eine Zeitschleuse, ein magischer Wall trennt die Welten, Zeiten und Orte, Schatten und Licht. Ein Dilemma, für das Frau Novelli volles Verständnis signalisierte, wenn sie auch das Problem etwas allgemeiner, grundsätzlicher angehen wollte. Mir war jener Zettel aus dem Briefkasten wieder in die Hände gefallen – die »Zeitreisebüro«-Reklame mit dem Seifenblasen speienden Vulkan als Signet –, und ich hatte mit der Mutlosigkeit des keineswegs Verzweifelten um einen »Schnuppertermin« in ihrer Praxis gebeten.

Die Räumlichkeiten in Berlin-Schöneberg erwiesen sich zum Glück kaum durchsummt von sphärischer Summsumm-Musik, auch nur dezent durchduftet von Duftkerzenschwaden und nicht überbestückt mit vertrockneten Ästen, die sich aus Steinschalen emporwinden und die ich bei meiner Zimmerpflanzenphobie kaum hätte tolerieren können. Dafür spannte sich allerlei bunter Stoff quer über die Decke und zurück, an Säulen vorbei und sonstwohin, symbolisierte Zeitschleifen, Zeitschlaufen vielleicht, Laufbänder in eine sagenhafte Vergangenheit, mir sollte es recht sein. Zumal Frau Novelli selbst den Eindruck einer versierten Zeitreisebegleitung machte, die so leicht nichts aus der Bahn wirft.

»Sie wünschen also eine Regressionsbegleitung zurück in die DDR?« faßte sie mein Anliegen zusammen. »Das wollte hier bis jetzt noch niemand.«

»Regressionsbegleitung – ich weiß nicht, ob es das ist, was ich meine«, wandte ich zurückweichend ein.

»Rückführungen, Rebirthing, Reinkarnation – das alles bedeutet ja nichts anderes als Regression. Zurück, rückwärts, Regreß – verstehen Sie?«

Ich verstand.

»Ich kann Ihnen verschiedene Modelle anbieten. Systemische Rückführungen, Phantasiereisen, Reinkarnationstherapien. Aber so eine Art befristeten Zonenurlaub kriegen Sie bei mir nicht.«

»Nicht. Aha. Das ist schade. Muß man denn immer gleich weit weg, ins Mittelalter oder zum Urknall reisen, damit es klappt?«

»Es klappt immer. Es gibt nur einen Haken dabei.«

»Ich weiß«, sagte ich, »man kommt nicht mehr zurück.«

»Doch, in der Regel schon. Aber Sie können keinen Tag im Kalender buchen und sagen, ich nehme mal den 1. April 1980. Das klappt nicht.«

»Das klappt nicht?«

»Das klappt nicht.«

»Und was klappt dann?«

Frau Novelli schaute mitleidig, fast fürsorglich, und klärte mich auf.

Zum vereinbarten Termin erschien ich, bereit und willens, die Verhaltensregeln und Konditionen, die ich praktisch als Hausaufgabe bekommen hatte, zu beherzigen. Rückführungen, so sollte ich mir klarmachen, gingen immer von einer konkreten Fragestellung aus, von der aus eine unbekannte Vergangenheit angesteuert würde. Das könnten sein: Ängste, unheilbare Krankheiten, ein berufliches Desaster, finanzielle Probleme, Beziehungstheater, blockierte Fähigkeiten – im Grunde alles das, was ich nicht hatte und was mir im Moment wenig weiterhalf.

Zusätzlich gab sie mir den Tip, mir vorzustellen, mit welchem emotionalen Grundgefühl – ich glaube, sie sagte »Anker« – ich die DDR verbinden würde.

Tja, das war die Frage. Gab es das überhaupt? Ein DDR-spezifisches emotionales Grundgefühl? Das war nicht unwichtig. Als Zeitreisender und Regressions-Passagier wollte ich ja nicht in irgendwelchen asiatischen Mittelalterdistrikten landen, auch nicht in prähistorischen Erziehungsdiktaturen, weder in feudalen Provinzhöfen noch im Gulag – Ortschaften, Einrichtungen und Systeme, mit denen die DDR gefühlsmäßig öfter verglichen worden war.

Grundgefühl? Ich zweifelte sehr, ob ich die DDR überhaupt mit so etwas verbinden konnte. Sie war nun einmal eine Mangelwirtschaft. Nicht ausgeschlossen, daß sie auch einen Mangel an Grundgefühlen hatte.

Angst? Eher nicht.

Stolz? Weniger.

Verbitterung, nein.

Sicherheit, kann man wohl sagen.

Langeweile, auch.

Prinzipielles Einverständnis? Bei gleichzeitiger grundsätzlicher Ablehnung? Mit diesem Bündel von nicht vorhandenen Emotionen lief ich Gefahr, bei meiner Zeitreise auf einem unbewohnten Asteroiden zu landen.

Ich lag auf einer Art verlängertem Fernsehsessel, hatte aber – was man beim Fernsehen vielleicht auch haben sollte – ein Tuch vor den Augen wie beim Blindekuh-Spiel, und Frau Novellis Stimme dirigierte mich sanft durch die Chaos-Boutique meiner Gefühle.

»Was fällt Ihnen als erstes ein, wenn Sie an die DDR denken? Wie fühlten Sie sich? Zählen Sie's einfach mal auf!«

»Was mir als erstes einfällt … Farben vielleicht …«

»Farben sind gut! Welche Farben sehen Sie?«

»Fehlende Farben, nebulöse Farben, Nebelfarben, einen hellbraunen, grauen, schmutzigweißen, beigen, verblaßt schwarzen Farbton, genauer gesagt.«

»Wenn Sie ein Tor sehen, eine Tür, dann gehen Sie jetzt da hindurch ...«

»Tut mir leid, das ist keine Tür. Auch kein Tor.«

Eine Weile sah ich gar nichts. »Ich sehe eine Mauer«, behauptete ich trotzdem, »ich glaube nicht, daß ich da einfach durchgehen kann. Könnte sein, daß scharf geschossen wird.«

»Suchen Sie weiter. Gehen Sie weiter. Riechen Sie etwas? Schmecken Sie etwas? Haben Sie Durst?«

Durst hatte ich tatsächlich. Ich hätte jetzt gern ein Glas Wein getrunken – wenn's half, meinetwegen auch DDR-Wein. Doch selbst der ist ja weg. Verschwunden. Verschollen. Vorbei. Die Anfänge meiner hoffnungsvollen Trinkerkarriere in der DDR, sie liegen komplett im Dunkel. Ich weiß nichts mehr. Was stand da im Regal? Wie schmeckte das Zeug? Wie sah das aus? Wo sind sie hin, die Weine, die wir flaschen- und reihenweise leerten, den Korken gleich nach innen drückend, wenn Eile geboten und kein Öffner da war? Wo sind sie geblieben? Und wie hießen sie noch mal gleich?

Moment. War da nicht eine Tür?

»Da ist, glaube ich, jetzt eine Tür«, meldete ich, »sieht aus wie ein Dachboden.«

»Wollen Sie die Tür nicht öffnen?« flüsterte sie.

Atlantis calling. Grün schimmerndes Licht. Wie bei frühen Kindheitserinnerungen sehe ich Bilder. Ich sehe Flaschen. Einen Haufen Flaschen. Ein ganzes Feld von Flaschenhälsen, aufgebaut vor meiner Zimmertür auf dem Dachboden. Fünfundzwanzig Jahre ist das her. Wer mich besuchte, mußte sich einen Pfad durch diese Flaschen bahnen, und am Ende des Besuchs wurden eine, zwei oder drei neue leere zu den anderen gestellt. Ein grünes, stilles, leicht angestaubtes Meer, manchmal illuminiert von den durchs Dachfenster einfallenden Sonnenstrahlen.

Ich sehe eine nächtliche Straße und folge ihr, überall liegen

Kleidungsstücke, erst eine Jacke, dann ein Hemd, eine Hose, schließlich führen die Spuren in ein Haus, auf der Treppe Socken, und oben in der offenen Tür, mitten auf der Schwelle zur Wohnung, liegt ein Mann, nackt, und schläft, eine Flasche Wein fest in der Hand umklammert. Ich?

Magisches Wort: »Goldberyll«. Das Bild ist verschwommen, aber ich erkenne das Etikett einer Flasche, welche die Bedienung im Spitzenschürzchen mir vor die Nase hält. Ich sitze mit der Geliebten im Restaurant, nein: in der Gaststätte. Ein weißes Tischtuch, gebügelt, ein Aschenbecher in der Mitte und daneben zwei Weingläser, Tulpen auf einem wulstförmigen Stengel aus grünem Glas. »Wer von Ihnen darf probieren?« flötet die Kellnerin. Dieweil ich am Wein nippe, bezieht sie, einen Arm hinter dem Rücken gewinkelt, Posten am Tisch. »Und? Zufrieden?« Ich höre die Antwort nicht mehr.

»Sagen Sie, was Sie sehen«, höre ich Frau Novellis Stimme von weit her, Jahrzehnte entfernt, rufen.

»Ich gehe durch eine helle Halle«, sage ich, »und ich sehe ein Regal, ein Weinregal, ein riesiges Weinregal, das leer ist. Es ist eine Kaufhalle. Ich trage einen riesigen Korb, darin sehe ich Flaschen. Viele Flaschen.«

Ich nahm eine in die Hand: »Blaustengler«. Der war bitterlich bitter. Okay, eine andere: »Grauer Mönch« - schmeckte so wie der Name. Und was ist das hier? »Muskateller«, »Muskat Ottonell« - das waren auf ungarisch verschnittene Weinderivate aus der Muskatnuß. Ich fand eine Flasche »Lindenblättriger«, eine Flasche »Eselsmilch« - tja, wie die wohl schmeckten? Daneben lagen »Cabernet«, »Pinot noir« - Rotweine, die runtergingen wie kalter Kaffee. Auch zwei weiße Pullen: »Cotnari« und »Murfatlar« - rumänischer Spitzensud. Tja, und ganz unten im Korb: »Rosenthaler Kadarka« - gab's damals selten, eine süße rote Molke.

»Was fühlen Sie jetzt?« wollte Frau Novelli wissen.

»Ich bin immer noch durstig«, sagte ich. »Kann ich die Flaschen hier mitnehmen? Dann kaufe ich öfter per Zeitreise ein.«

Das war vielleicht keine so gute Idee, denn die Weine waren damals schon zäh gewesen, heillos verpanschte Tropfen, und sie dürften sich in der Zwischenzeit nicht verbessert haben. Sie wurden aus Ungarn, aus Bulgarien, aus Rumänien importiert, den eher subklassischen Weinanbauländern. Jahrgang, Lage, Rebsorte spielten keine Rolle. Allein die Erwähnung dieser Begrifflichkeiten ließ einen als Mann von Mondänität erscheinen. Wein war eben Wein, mehr nicht. Ein Wort wie »trocken« verwies auf gehobenes, schon den Dünkel streifendes Vokabular. Süß oder nicht so süß, das genügte.

In diesem Moment ergriff mich Panik, und ich begann zu zittern.

»Sprechen Sie! Was sehen Sie?« Dieser Frau Novelli entging nichts.

»Ich will nicht«, sagte ich, »bitte nicht!«

»Sie müssen keine Angst haben. Lassen Sie es zu. Sie müssen es zulassen.«

»Nein, das nicht!«

Mit einem Schlag waren aus dem Nichts jene Kopfschmerzen aufgetaucht, die dem Genuß des DDR-Weins stets folgten. Es gab nicht nur die normalen Suff-Kopfschmerzen, sondern man hatte zusätzlich Bonus-Kopfschmerzen, die einen am Morgen begrüßten. Sie waren immer da, eine schier logische Begleiterscheinung. Zement im Kopf. Hinter der Stirn rotierte der Mischer, während im Nacken Plattenbauten einstürzten. Überlagert wurde dieses unerfreuliche Szenario von einem immensen Großbrand, der allerdings nicht zum Zuge kam, weil die Übelkeit doch stärker war und sämtliche Wegerechte für sich reklamierte. Ein ganz gewöhnlicher Kater? Vielleicht. Aber es war, ohne Zweifel, ein Riesenvieh.

»Trinken Sie!« Frau Novellis Hände ergriffen meine Hand und führten sie an ein Glas.

»Was ist das?«, fragte ich beklommen. Meine Befürchtung war, daß es sich um einen Wein aus der berüchtigten Weinkellerei Neubrandenburg handeln könnte. Weitab von jedem Weinanbaugebiet gelegen, rührte man dort alles mögliche zusammen, Hauptsache mit Glykol. Das Resultat war eine selbst für DDR-Verhältnisse ungewöhnlich schmierige, uringelbe Brühe, die nach dem Rost im Stahltank und ansonsten nach einer Spätlese von Rübenabfällen schmeckte. Schon beim Trinken begann der Betonmischer im Kopf zu rumpeln. Namen, Namen – was stand auf den Flaschen? Ich erinnerte eine blumige, rustikale Schrift, die sich mit opulenter Girlande über das Etikett schwang. »Winzers Privileg«? In der Richtung jedenfalls. Oder, genau, »Küfers Referenz«. Die Genitiv-Weine. Höchste Alarmstufe.

Es war Wasser.

Ich trank das Glas in einem Zug aus und sank erschöpft nach hinten. Ich defilierte vorbei an Neubau-Gaststätten, saß am Tisch von Brigadefeiern, tauchte plötzlich bei einem Staatsempfang auf, bei dem ich Erich Honecker anstelle des Mikrophons die Weinflasche vors Gesicht hielt, eine ganze kilometerlange, top-öde Festansprache lang. Ich stand in einer Schlange vor einer Sekundärrohstoffannahmestelle, den Rucksack prall gefüllt mit leeren Weinflaschen, die ich für fünf Pfennig pro Flasche ablieferte. Dann marschierte ich in einer Kompanie der NVA als Soldat mit Stahlhelm im Stechschritt an einer Tribüne vorbei, auf der alle Weinflaschen des Sortiments aufgereiht waren und die Parade abnahmen. Dunkelheit umfing mich, ich geriet in einen Tunnel, an dessen Ende ein Licht aufschien. Es kam näher und näher, und ich merkte, daß der Tunnel eine Flasche war, daß ich mich, tatsächlich, in einem Flaschenhals befand. Auf seinem Grund schimmerte ein kleiner See. Kneipengebrabbel ertönte, höhnisches Gelächter, rohe Wortfetzen, vulgäres Zeug. Was für ein Kontrast zum grün leuchtenden Horizont an den Ufern des Weins. Wie schön es hier war! Ich sprang hinein und schwamm ein paar Runden. Glücksgefühle. Ich war frei. Gern wollte ich ertrinken, aber das ging irgendwie nicht. Der Wein war wie Luft. Er hatte sich in Luft aufgelöst! Mit einem Urschrei befreite ich mich aus dem Flaschenhals und transponierte mich zurück in Frau Novellis Fernsehsessel.

Ich war erschöpft.

»Sie haben so laut geschrien, daß ich es im nächsten Jahrtausend gehört habe«, sagte sie schmunzelnd und betupfte meine heißgelaufene Stirn mit einem Tüchlein. »Was ist passiert?«

»Nichts weiter«, sagte ich, »nur sehr seltsam: Ich war meine eigene Flaschenpost.« Ich schilderte ihr, was passiert war.

»Und was haben die Worte zu bedeuten, die Sie wütend und außer sich herausgepreßt haben?«

»Ich weiß nicht, welche Worte Sie meinen?«

»Warten Sie«, sie suchte nach ihrem Block, »hier habe ich sie notiert: ›Rosenthaler Kadaver‹, ›Blutiger Mönch‹, ›Trinkers Flatulenz‹?«

Stunden danach war ich immer noch wie verkatert, hatte aber das Gefühl, daß auch in meinem Kopf eine Tür aufgestoßen worden war. Womöglich konnte ich mich jetzt nach Belieben auf Zeitreisen begeben – hoffentlich nicht immer nur in die DDR. Wäre ja fatal: wenn man bis 1989 die DDR nicht verlassen durfte und jetzt, danach, nur dorthin reisen könnte.

Eine Sache wollte ich jetzt wissen. Aus Pompeji gibt es Tongefäße, die Azteken hinterließen Urwaldtempel, von den Habsburgern blieb der Walzer, und aus der DDR, da überbleibselten sinnlose Akten. Was sie taugen, ist umstritten. Ich hatte jetzt ein Kriterium parat. Zwar war mir klar, daß die Stasiakte kein Weinkatalog sein würde. Aber vielleicht gab es irgendwo einen Hinweis? Wenn sie für mich eine Relevanz haben wollte, sollte sich etwas zum Wein darin finden lassen.

Mag sein, eine etwas willkürliche, weit hergeholte, absurde Sichtweise, doch keine illegitime. Die Stasi hatte sich der kompletten Mikroskopie meines Lebens als Bohemien und Privatlyriker befleißigt. Und das, ich gebe es zu, war, wie auch anders, vom Wein, falls das DDR-Gesöff so genannt werden kann, nicht ganz, wie soll ich sagen, unbehelligt. Wenn die Stasi nicht völlig unfähig gewesen war, konnte ihr das unmöglich entgangen sein.

Und, siehe da: alles klar. Es findet sich tatsächlich ein Hinweis, wenn auch nur ein Wort. Ein Wort, dessen Bedeutung sie zwar a) nicht erkennt, b) deshalb gründlich mißversteht und folgerichtig c) ebenso phantasievoll wie paranoid denunzieren muß. Aber immerhin.

In einem »Übersichtsbogen zur operativen Personenkontrolle« lese ich: »Der W. bringt in Form von Gedichten eine ablehnende Haltung zu bestimmten gesellschaftlichen Verhältnissen zum Ausdruck und verbreitet diese in seiner Umgebung. So in dem durch IMS sichergestellten Gedicht ›Niemandslied‹, das eine Verleumdung und Diffamierung der revolutionären Errungenschaften darstellt, den sozialistischen Alltag verhöhnt und sogar vor Tierblutmetaphern nicht haltmacht.«

Das Gedicht, das in meiner Erinnerung so verschollen war wie der Geschmack des Weins, den ich bei der Niederschrift vermutlich trank, geht so:

Niemandslied

Auf- und abschwellender
Lärm ist der Tag
Mattes Licht Schweiß
Gesundheit Gelaber Gewäsch

Zerknülltes Käsepapier
Kinder Kampf Revolution
Korkbrösel kackende Taube
Und Flaschen mit Stierblut im Kühlschrank

»Stierblut«, der Name eines DDR-Weins. Für die Stasi ist es eine Tierblutmetapher. Wenigstens ein Anhaltspunkt. Keine Ahnung, ob er war, wie er hieß. Sowohl die Stasi als auch der Lyriker verabsäumen eine konkrete Überprüfung und Feststellung der Personalien dieses Weins.

Wonach schmeckte das Zeug? Nach Blutwurst?

6

Ich würde gern optimistischer in die Vergangenheit schauen, vor allem in die eigene. Aber leicht ist das nicht, ständig gibt es Abwanderungsbewegungen. Dinge, die einfach verschwinden, einzelne Sätze, Gespräche, für immer gelöscht, komplette Nächte verschollen. Die Leute verlieren nicht nur Haare, sondern auch Namen und Gesicht. Es gibt Personengruppen von der Größe einer Kleinstadt, die niemals wieder auftauchen, für alle Zeit verduftete Augenblicke, Küsse, Schatten, Zahnschmerzen – das alles ist, mal ganz unpathetisch resümiert, nicht ohne weiteres greifbar.

Die Dinge dagegen, auf die es überhaupt nicht ankommt, sind in der Regel immer da: Fotos mit gespenstisch-fremden Standbildern, ominöse Familienbestecke, Schallplatten, seit Jahrzehnten staubumfangen, Hauslatschen des vor zehn Jahren verstorbenen Großonkels, Schubladen voller Krempel, der vor sich hin dämmert, dümpelt, döst, Koffer mit verrosteten Schlössern ohne Schlüssel und Uralt-Standuhren, die treuherzig Gong machen.

Und Papiere natürlich. Papiere aus einem anderen Leben.

Kopien, genauer gesagt, kaum lesbare, fast schwarze, mit einem Zentimetermaß am unteren und seitlichen Blattrand versehen, Kopien von Briefen, Briefen über Briefen, Briefen mit der süßen, mir so vertrauten Handschrift, Liebesbriefen, Liebeserklärungen, Karten mit Liebesgrüßen, Fotos mit Lippenstiftmund.

Beim Nachzählen im Aktenstapel sind's 169 Briefe von ihr,

180 von mir, geschrieben zwischen 1980 und 1989, mitgelesen, gegengelesen, geprüft, berührt, begafft, kommentiert von der Stasi – von der Unterwäsche-Patrouille, angeführt von Oberleutnant Schnatz.

Ich hätte mir charmantere Mitleser gewünscht als den Spanner vom Innendienst. Das Fatale in der DDR war leider auch, daß man sich seine Spitzel nicht aussuchen konnte. Am meisten stört, daß dieser Schnatz die Briefe, ihre Briefe, sogar noch vor mir gelesen hat. Wie habe ich gewartet und gelitten, ich bin krank gewesen, wenn länger kein Brief von ihr kam. Ich habe den Briefkasten unten im Haus mindestens so überwacht wie die Stasi mich. Inklusive der Nachbarbriefkästen, falls da versehentlich ein Brief gelandet sein sollte. Inklusive der Briefträger. Inklusive des Wegs, den die Briefträger zurücklegten, bis sie zu mir kamen, und den, den sie anschließend einschlugen.

Und während ich vor Ungeduld, Ungewißheit und Sehnsucht vor dem Briefkasten auf und ab patrouilliere wie ein unter Hospitalismus leidendes Tierpark-Gnu vor den Gitterstäben des Käfigs, sitzt bei der Stasi ein Typ namens Schnatz, greift sich in aller Seelenruhe die nur für mich bestimmten Briefe, öffnet den Umschlag über Wasserdampf und betatscht die für mich so kostbaren Papiere, um sie danach in das steindumpfe und staatsdumme Behörden-Kauderwelsch des Ministeriums für Bespitzelung Minderjähriger zu übersetzen.

»Festst. ideolog. Beeinfl. Erkennen und Beseitigen begünst. Beding. u. Umst. für feindl. neg. Wirken des W. Aufklären u. Bearb. d. Charakt. v. Liebesbez. zu Freundn. im NSA.«

Ich bin kein Mensch, der sich in Bestrafungsphantasien ergeht. Wäre ich einer, ich würde vorschlagen, Leute wie Schnatz dürften für den Rest ihrer Tage nur noch in diesem von ihnen kreierten Krüppel-Sprech reden. Jeder wüßte gleich Bescheid, es gäbe öfter was zu lachen.

Lianes Briefe an mich. Lianes Briefe. Liane.

Ich war wie eine Kompaßnadel von ihr magnetisiert, nur andersherum. Schiefes Bild, ich weiß und laß es trotzdem stehen. Egal, wo ich mich befand, schaute ich zuerst, wo Süden ist, Südsüdwest, ich habe es nachgeschlagen und ausgemessen, genau: 48 Grad, neun Minuten, 13,94 Sekunden nördliche Breite. Ich schaute immer, ob der Blick frei war, ob es eine Lücke gab zwischen den Häusern, und dann schaute ich zu ihr, denn in dieser Richtung, da war sie, in München.

Absprache erwünscht

In München: du.
Ich: in Berlin.
Hätt nichts dagegen,
Mal umzuziehn.

Ich wär bei dir.
Eh du dich versiehst.
Wenn du nicht zugleich
Nach Berlin umziehst.

Für Oberleutnant Schnatz ist unser Briefwechsel eine Fundgrube mit »objektiven Verstößen«, »feindl. neg. Inhalten«, »Verschleierung d. Verbind.«, »konkreten Republikflucht-Vorh.«. Das alles ist »aufzuklären«, »zu erfassen«, »weiter zu erfassen«, »zu verhindern«, »umfassend zu beseitigen« und natürlich wie stets »operativ zu bearbeiten«.

Was das heißt, wird nach einigem Blättern klar. Alle Briefe gelangen nur auf dem Umweg über Schnatzens Schreibtisch zu mir. Leute werden abkommandiert, die mich besuchen und unter Alkohol setzen, um mir Gedichte zu entwinden. Bei der Stasi läuten acht Jahre die Alarmglocken, operative Maßnahmen laufen an, Hunderte von Türen gehen auf und zu. Der Apparat startet voll durch. Meine Zeilen werden durchleuchtet, eingeschätzt, durchgeprüft und ausgewertet, als wären sie verschlüsselte Aufmarschpläne der Nato, Angriffszeitpunkt: morgen früh.

Für dich

Für dich ist dies Gedicht geschrieben.
Dafür sollst du mich einmal lieben.
Dafür sollst du mich einmal küssen.
Und nicht nur einmal, sollst du wissen.
Und nicht nur küssen, meine Liebe.
Ich denke auch an andre Triebe,
Die, weißt du, weiter südlich liegen.
Ich dichte nur. Um dich zu kriegen.

Die Verse und der Briefwechsel sind meine Legende. Damit werde ich zum Staatsfeind erfunden. Oberleutnant Schnatz analysiert und meldet etwas ratlos durch: »Offenbar ein Liebesgedicht. Maßnahmen: Liebesbeziehung des W. auswerten u. operativ weiter unter Kontrolle halten.« Ihn stört nicht, daß es gar nichts auszuwerten gibt. »Weiter südlich« wird dick und schwarz unterstrichen und daneben geschrieben: »Operativ bedeutsam, mögl. chiffrierter Hinweis zu Plänen des W., mit KP nach Portugal zu gehen, objektiv zu IM-Berichten.« »KP« heißt Kontaktperson. Schnatz hat nichts anderes und ist angewiesen auf Ausdeutungen von Andeutungen, die allerdings mit einer Subtilität aufgespürt werden, die nur einmal in den Heuhaufen hineingreifen muß, um die Stecknadel in der Hand zu halten.

München, 22.10.82
Mein liebster W.,
vor fünf Minuten erreichte mich Dein Brief, der sehr verzweifelt klang. O nein, Liebster, Du darfst nicht aufgeben. Das schreibe ich Dir, obwohl ich selbst so traurig bin. Nur wenn die Sonne die Farben der Blätter noch mehr leuchten läßt, wenn ich den kalten Wind im Gesicht und die Kälte an den Füßen spüre, weiß ich noch, daß ich lebe. W., mein liebster W., ich denke so sehr an Dich. Ich hoffe so sehr, daß die ›Gruppe 61‹ Erfolg hat!
Jeder Brief erreicht mich tief in meinem Herzen. Das ist ein schöner Schmerz. Ich weiß dann jedesmal, ich liebe Dich so sehr. Deine L.

Berlin, 2.11.82
Liebste L.,
Du bist leider nicht hier, und die Decke fällt mir auf den Kopf. Von ziemlich weit oben. Ich glaube, sie ist aus Beton. Und über der Decke sind leider, wie ich sehe, weitere Stockwerke: diese Elektriker-Lehre, die ich hasse, meine Eltern, die nerven, und weiter oben die Armeezeit. Das alles prasselt jetzt auf mich herunter. Bitte verzeih, im Moment weiß ich nicht, wie ich das alles schaffen soll. Lehre, Abendschule, Armee, Studium. Zehn Jahre Mist, zehn Jahre Krempel, zehn Jahre Unfug, zehn Jahre Warten. Nur um dann wieder ganz am Anfang zu stehen. Von irgendwas. Ich kann mich nicht darauf freuen.
Die ›Gruppe 61‹ hat hier bereits einiges erreicht und bewirkt. Aber es reicht nicht.
Wenn Du nur hier wärst, Liebste, alles wäre anders. Die Decke wäre nicht vorhanden. Die Decke wärst Du. Bitte fall! Fall auf meinen Kopf.
Wann kommst Du? Nächstes Jahr? Im Herbst? Vielleicht?
Ich werde mich jetzt einfrieren lassen. Der Winter ist ja unterwegs.
Für immer Dein W.

Zwei Briefe aus der Zeit, aus der Akte, etwa so staatsgefährdend wie handgemalte Sternschnuppen an Kinderzimmerdecken. Warum ich verzweifelt klang, weiß ich nicht mehr. Es gibt für

Siebzehnjährige oft und reichlich Gründe, verzweifelt zu sein. Vielleicht war ich verzweifelt, weil sie nicht kam, nicht kommen konnte, weil wir uns nicht sehen konnten, weil es so schwierig war, weil keine Lösung in Sicht war, weil wir nicht wußten, was wir machen sollten, und sie, sie war aus dem gleichen Grund traurig. Das müßte hinkommen. So wird's gewesen sein.

Klar, sie in München, ich in Berlin. Deutsche Grenze, deutsch-deutsche Paranoia, alles mußte kreuz und quer, von morgens bis abends, von 1 bis 99 durchüberwacht werden. Kein Grund zur Aufregung. Liebesbriefe werden immer gern gelesen. Und ohne eine Ahnenreihe andeuten zu wollen: Sind Kafkas Briefe an Felice, Goethes Briefe an die Stein, Abaelards Briefe an Eloise nicht sogar veröffentlicht worden? Verschlang sie nicht jeder ohne Skrupel? Sollte ich vielleicht der Stasi dankbar sein, daß sie nur intern und für den Dienstgebrauch mitlas?

Ost-West-Beziehungen waren in den achtziger Jahren nichts Besonderes und ergaben sich immer wieder. Es gab, zumal in Berlin, viele Gelegenheiten, sich über den Weg zu laufen. Schulklassen saßen auf dem Alex rum. Reisebusse schwammen durch die Straßen. Die Stadt war voll von westdeutschen und Westberliner Tagestouristen, die in der Regel scharf darauf waren, mal ein paar ostdeutsche Exoten kennenzulernen. Sie latschten überall in die Museen, in Ausstellungen, in Buchläden oder ins Theater, und da habe ich Liane auch das erste Mal getroffen.

Es war bei einer Theateraufführung, Anfang der Achtziger im Palast der Republik, wo das Publikum an den Seiten der Bühne saß.

Ich saß ihr gegenüber und sah erst mal nichts. Schwarze Haare, schwarzes Kleid, schwarze Augen – die Augenfarbe dachte ich mir aus, die stimmte gar nicht.

Die mit an Sicherheit grenzender Wahrscheinlichkeit, nein:

mit schon an Unwahrscheinlichkeit grenzender Sicherheit schönste Frau der Welt.

Während der kompletten Vorstellung starrte ich zu ihr hinüber und sie, ich konnte es nicht glauben, zu mir. Vom Stück sah ich nichts. Ich sah durch das Stück hindurch, das Stück störte eigentlich nur, aber ohne das Stück wären wir ja nicht dagewesen. Und in der Zeit, in der die um unsere Liason nicht bekümmerten Schauspieler ihr Pensum absolvierten, verliebte ich mich in sie. Ich weiß noch, wie manch Augenaufschlag und der feindselige Schatten einer Haarsträhne mir gelegentlich schwer zu schaffen machten.

Nach der Vorstellung - in der Pause hatte ich nicht den Mut dazu - sprach ich sie an.

Ich fragte sie, ob sie zu dem Stück gehöre.

Sie verneinte erstaunt.

Dann, sagte ich, müsse ich mich bei ihr entschuldigen.

Sie fragte, warum.

Ich tat, als überlegte ich kurz, und lieferte dann die zuvor zurechtgelegte Begründung: Ich hätte die ganze Zeit nur zu ihr geschaut in der, wie ich jetzt zu meiner Beschämung feststellen müsse, irrigen Annahme, die Aufführung drehe sich nur um sie. Doch wenn das bedauerlicherweise nicht der Fall gewesen sei, würde ich mich für meine Aufdringlichkeit entschuldigen und anbieten wollen, sie zu einem Glas Wein einzuladen, als Wiedergutmachung.

Ich glaube, daß ich mich wirklich so ausgedrückt habe.

Und sie sagte zu meiner größtmöglichen Verwunderung und Begeisterung einfach: »Sehr gern.«

Wir tranken einen Wein und noch einen. Sie war Schülerin in München, Abitur, letztes Jahr, interessierte sich für Schauspiel - ich Lehrling, erstes Jahr, natürlich auch mit superstarkem Schauspielinteresse. Wir redeten über alles und sogar über nichts, und zwischendrin saßen wir da und schauten uns etwas verlegen an.

Um 24 Uhr mußte sie über die Grenze. Am nächsten Tag trafen wir uns wieder. Ich ging mit ihr durch die Straßen im Prenzlauer Berg. Sie sagte, es rieche überall nach Braunkohle, das fände sie sehr romantisch, und ich fand es auch romantisch, nicht die Braunkohle, sondern mit ihr. Wir liefen quer durch die Stadt und wieder zurück, klapperten alle Orte ab in Berlin, die ich ihr unbedingt zeigen wollte, meine Wohnung, das Spreeufer, mein Lieblingscafé, besuchten auch ein paar Freunde, es regnete, es war kalt, es war schon dunkel, und wir spazierten gerade irgendwohin Richtung Scheunenviertel, als sie fragte, was wir als nächstes tun würden.

Ich sagte: »Ich schlage vor, daß wir uns küssen.«

Sie blieb stehen. Ich ging wie in Gedanken versunken ein paar Schritte weiter und drehte mich dann zu ihr um.

»Vorausgesetzt«, ergänzte ich, »es findet sich eine Mehrheit für diesen Vorschlag.«

Ich weiß noch, sie hatte ein Tuch um den Hals, das sie um uns beide schlang und unter dem wir verschwanden. Wenn es nach mir gegangen wäre, für immer. Sie hätte meinetwegen aus Australien kommen können, aus Island oder von der Venus, es war mir egal. Hauptsache, sie war da. Und ging nicht mehr weg.

Als wir uns am Grenzübergang Friedrichstraße wieder verabschiedeten, überließ sie mir das Tuch, und es duftete nach ihr. Mir war, als sei jemand gestorben. Eine nahestehende Person, wahrscheinlich ich selber. Und eine noch näherstehende Person, deren Tod ich sterbend gerade noch mitbekam, ihren.

Romeo und Julia.

Julia und Romeo.

Mit zwar keineswegs verfeindeten Familienclans im Hintergrund, aber doch mit penetrant über Kreuz liegenden Feindesländern.

Sie auf dem Balkon, einem Podest an der Absperrung – ich vor der Glastür, nicht singend. Eine Lerche war nicht da.

Sie langsam verschwindend im Gang, ihre Silhouette in der Tür, weg war sie – ich leider nicht weg.

Ich haßte nicht die Mauer, ich haßte nicht die DDR. Ich haßte nicht den Kalten Krieg, nicht die Nazis, die letzten Endes die Schuld an der deutschen Teilung trugen. Ich haßte nicht die Deutschen, die zu doof waren, ein ganz normales 0815-Volk zu sein. Ich haßte gar nichts. Ich war nur tot, eine Zeitlang jedenfalls.

Ein ganzes Jahr sahen wir uns nicht. Aus ihrem Tuch habe ich in der Zeit jedes einzelne Geruchsmolekül persönlich aufgesogen. Es roch am Ende nach mir. Viele Briefe gingen hin und her, manchmal schrieb ich jeden Tag, und wir waren verliebt, und wir verliebten uns in unsere Briefe, und ich fing an, Gedichte zu schreiben, einfach um mitzuhalten mit ihrer Schönheit, die plötzlich in mir aufgetaucht war.

Romeo und Julia, als Brieffreunde verkleidet

Ich hatte dich nicht erwartet.
Da warst du plötzlich hier.
Und als du gingst, da war es
Praktisch geschehn mit mir.

Wie abgemacht war nichts.
Die Dinge warn verschwommen.
Und daß es dazu kam,
Dazu sollte es nicht kommen.

Wie soll ich sagen, alles
War unerforschtes Gebiet.
Ich wußte nie, was zu tun ist.
Du wußtest nicht, was geschieht.

Du schliefst mit meinen Briefen.
Ich ging mit deiner Schrift.
Dann stießen wir an Grenzen,
Was die weitere Forschung betrifft.

Auch Schnatz war sprachlos, jedenfalls für seine Verhältnisse. Mal unterstrich er etwas am Rand, mal steuerte er nur ein Fragezeichen bei, mal heftete er die Seiten ohne Kommentar ab. So ein Oberleutnant ist auch nur ein Mensch und kann nicht ununterbrochen den Kindergarten observieren.

Mal kam gar nichts, kein Brief, und der Briefkasten blieb leer trotz mehrfacher Prüfung am Tag – mal kamen gleich mehrere Briefe von Liane auf einmal am Tag. Sie waren immer wochenlang unterwegs. Ich dachte mir nichts dabei. Prinzipiell wußte natürlich jeder, daß es kein Postgeheimnis gab und alles bei Bedarf kontrolliert wurde. Aber ich war ja nun kein Raketenspezialist oder Geheimexperte, der irgendwelche Strontium-Angelegenheiten auszuplaudern gehabt hätte.

Es war fast unvermeidbar, daß ich im Laufe unseres Briefwechsels zum BRD-Fan wurde wie sie zur Anhängerin der DDR. Sie fand alles gut oder »immer besser« im Osten als bei sich zu Hause. Daß die Leute hier noch »echt« seien, daß man sich »schöner« unterhalten könne, daß »so gut wie nichts« käuflich sei, daß man die Fassaden der Häuser weniger mit Reklame »verunglimpfe«, überhaupt daß die Farben nicht so »schockierend bunt« seien, sondern »angenehm dezent grau«, und daß ich, anders als die »Macker« in München, nicht nur »ein gewisses Etwas« hätte, sondern wirklich »was«, und zwar mit ihr.

Ich rechnete die unfreiwilligen Vorzüge meines Landes eher zu seinen besonders reizlosen Seiten und hätte meinerseits auch gern vergleichende Gegenbesichtigungen unternommen, aber das ging ja nun nicht. So schlecht und grauenhaft, wie sie immer sagte, konnte München gar nicht für mich sein, weil sie da herkam. Selbst wenn dieses München nur ein trostloses und sogar von Hunden gemiedenes Hundeklo an einer desolaten Autobahnraststätte gewesen wäre, ich hätte es, wegen der selbstverständlichen und alltäglichen Nähe zu ihr, stark gepriesen und unendlich adoriert.

Der Osten war für sie jener Typ, der sie auf einem Tagesausflug in ein Landhaus einlud, dort angekommen aber feststellen mußte, daß er den Schlüssel vergessen hatte und sich dann in unbekümmerter Verzweiflung durch einen über dem Kellerfenster auftürmenden Kohlenhaufen arbeitete, immer weiter grabend und rumpelnd völlig darin verschwand, um etwas später, von Kohlenstaub umglänzt, wie er war, zwei Gläser Wein in der Hand, von innen die Tür zu öffnen und sie gleich direkt und überall zu küssen, bis praktisch alle Kleidungsstücke, die sie trug, und sogar die, die sie darunter hatte, die besonders, schwarz verschmiert waren und unbedingt ausgezogen werden mußten - ich.

Und der Westen? Für mich? Nun, zunächst mal das verbotene Land, die andere Welt, die es eigentlich nicht geben dürfte, wo zwar alles, den Fernsehbildern und Berichten zufolge, schöner, schicker, aufregender war, wo die Leute zwar selbstbewußter, höflicher, eloquenter auftraten, aufzutreten schienen, wo zwar die Post richtig abging, Mord richtiger Mord war, Drogen richtige Drogen, Skandale richtige Skandale, Musik richtige Musik, wo aber die Meute, die ich durch die große graue Eisentür am Grenzübergang Bahnhof Friedrichstraße kommen sah, vor der ich manchmal stundenlang auf Liane wartete, auf mich so überdurchschnittlich langweilig und so uninteressant wirkte, wie sie war, so überflüssig auch und so zeitraubend, denn jeden einzelnen und jede einzelne starrte ich an und musterte ich, um, ja, sie nicht zu verpassen, Liane, was natürlich Quatsch war, denn ich sah sie gleich, ich sah sie sofort, ich sah sie, bevor ich sie sehen konnte, ich erkannte schon am Schwung der Tür, den ich mir natürlich einbildete, den es aber doch gegeben haben mußte, daß es nur eine sein konnte, die jetzt kam – sie.

Sie schickte mir Platten und Bücher, und die fand ich allemal aufregender als die quasi vergleichbaren Quasinummern aus den überschaubaren volkseigenen Buch- und Plattenbeständen.

Wochenlang starrte ich auf das Cover von »Wish you were here«. Bekanntlich sind zwei Männer darauf zu sehen, die auf einer Lichtung zwischen Industriehallen stehen und sich die Hand reichen. Einer der beiden, der rechte, brennt, Flammen schlagen aus seinem Anzug und auch aus seinem Kopf. Sie hatte eine Karte dazugelegt und mit ihrer wundervollen Schrift geschrieben:

München, 21.12.87
Liebster, ich liebe Dich übrigens. Aber wer von den beiden bist Du eigentlich? Überlege es Dir gut! Du hast zwei Versuche. Deine Dich liebende L.

Ich überlege bis heute. Bin ich dieser lodernde, hitzige, leidenschaftliche, sich in einem kleinen Privatfeuerwerk abfackelnde Typ? Der es allerdings, wie's aussieht, nicht mehr lange machen wird. Oder bin ich der kühle Beobachter, der dem Leidenschaftlichen die Hand reicht, ihm scheinbar alles Gute wünscht? Der selbst aber lieber unangefackelt bleibt? Wurde ich von hinten angezündet? Suchte ich Hilfe, und alles, was ich von dem anderen bekam, war ein Händedruck? Handelt es sich um eine Abschiedsszene? Weiß der eine gar nicht, daß er brennt, während der andere es zwar klar sieht, aber höflich schweigt?

Berlin, 18.1.88
Liebe Liebste,
die Entscheidung ist ganz leicht. Ich werde sie irgendwann im Laufe meines Lebens treffen, wenn Zeit ist. Bis dahin bin ich sicherheitshalber

beide. Ich weiß, logisch ist das heikel. Aber was ist schon logisch? Zu vieles, sagst Du. Eben.
1001 Kuß!
Brennend eiskalt, Dein W.

Was tut Schnatz, unser Staats-Voyeur im Dauereinsatz? Er unterstreicht die Partie mit »logisch« und notiert mit sieben Ausrufezeichen daneben: »Zweifel an Logik!!! W. studiert Philosophie!!! Operative Beachtung!«

»Firma liest mit«, hieß es immer, »VEB Horch, Guck und Greif«, alles klar. Mir war das zu paranoid: Briefe mitlesen, Briefe abfangen, Brieftauben abschießen – ich lokalisierte das in einer märchenhaften Vergangenheit. Es schien mir auch zu aufwendig zu sein. Die werden anderes zu tun haben, dachte ich. Die können nicht die Briefe von allen lesen. Irgend jemand muß sie schließlich auch schreiben.

Für Liane lag die Vorstellung, daß der Staat ihre und meine Briefe lese, weit außerhalb ihrer Einbildungskraft. Sie war eher etwas abergläubisch. Wenn ich statt mit blauer Tinte mit schwarzem Farbband der Schreibmaschine schrieb, wenn irgendwelche Papierfalten durch bestimmte Buchstaben liefen, konnte sie manchmal nur mit Mühe düstere Vorahnungen beiseite schieben. Sie glaubte – etwas kokett, nicht wirklich – an die Wiederkehr bestimmter Zeichen. Keine schwarzen Katzen, die über die Straße liefen, keine Sternschnuppen. Es waren eher alltägliche Übersinnlichkeiten: Ein Stift, der nicht mehr schrieb, ein Ohrring, der plötzlich verschwand oder wieder auftauchte, ein bestimmtes Wort, zufällig aufgeschnappt in der U-Bahn, konnten sie tagelang – sie behauptete, jahrelang – aus der Bahn werfen. Ein Brief von mir, der unerwartet aus der Zeitung fiel, natürlich auch.

Daß die Stasi mitlesen könnte, erschien uns beiden zu unpoetisch. Auf einer unserer raren Begegnungen verabredeten wir trotzdem einen Test. Bei Tucholsky, glaube ich, hatte ich die kleine Erzählung entdeckt, in der ein Mann einen Floh in den Briefumschlag steckt, um so den unerwünschten Mitleser zu entlarven. Eine gute Idee, fand ich, und wir griffen sie auf.

Berlin, 12.2.85
Liebste, allerliebste L.,
ich sehne mich so sehr nach Deinen Briefen, daß ich gestern mein Glück nicht fassen konnte, gleich drei auf einmal von Dir zu bekommen. Der eine war vom 6. Januar, der andere vom 13., der dritte vom 4. Februar. Offenbar hast Du meine Briefe in der Zwischenzeit nicht bekommen. Wo die wohl abgeblieben sind?
Lehre und Abendschule habe ich jetzt abgeschlossen. Endlich. Dieser Teil meines Lebens liegt hinter mir wie die Wüste Gobi, und das sage ich, obwohl ich noch nie in der Wüste Gobi war. Ich möchte auch nicht dagewesen sein. In ein paar Tagen beginnt die Armeezeit. Man sagt hier, man geht »zur Fahne«. Ich glaube aber, daß damit der Alkohol gemeint ist. Wir können uns in dieser Zeit nicht schreiben. Wir können uns nicht sehen. Wir können überhaupt nichts. Was Portugal angeht, das ist für mich im Moment so weit weg wie Portugal.
Wenn Du aber wissen willst, wie tief meine Traurigkeit ist, muß ich Dir leider sagen, sehr tief. Der Baikalsee in Sibirien, habe ich gelesen, ist über 1500 Meter tief. Da fängt meine Traurigkeit erst an. Einer der tiefsten Meeresgraben soll der Aleutengraben sein, der knapp 8 km abwärts geht. Dort unten ungefähr ist meine Traurigkeit eingezogen. Wenn du sie sehen willst, such nicht da. Die Stelle soll erdbebengefährdet sein.
Hoffen wir auf Ergebnisse der ›Gruppe 61‹ …
Eine Bitte, Liebste: Leg keine Locke, aber leg ein Haar von Dir in Deinen nächsten Brief. Für mich. Ich werde mich an diesem einen Haar festhalten müssen, wenn ich Hilfe brauche.
Ich küsse Dich, wie ich Dich nie mehr küssen werde,
Dein W.

Liane wußte, was zu tun war. Ihre Antwort erreichte mich einen Tag vor meiner Einberufung zur Armee:

München, 28.2.85
Mein Liebster,
ein nebliger Wintertag geht hier zu Ende. In meiner Küche sitzend denke ich an Dich. Immer wieder ertappe ich mich bei Gedanken an Dich. Ich höre Brahms' 1. Sinfonie. Die Musik ist so überwältigend, daß ich das Herz bis an meinen Hals schlagen höre.
Für Deine Armeezeit mußt Du wissen, daß ich bei Dir sein werde. Deine Traurigkeit soll ruhig in den Aleutengraben einziehen. Meine wohnt ja die ganze Zeit da. Endlich ist sie da unten nicht mehr so allein.
Mit mir fühle ich mich schon lange fast lebensunfähig. Ich möchte mich spalten in Hunderte Persönlichkeiten. Wie langweilig es doch ist, nur mit mir! Es muß doch mehr aus dem Leben zu machen sein! Überlege es Dir gut, Geliebter, wenn Du zurückkommst. Möchtest Du wirklich eine Verrückte treffen und sogar mit ihr nach Portugal?
Ich bin Dir ja so treu!
Deine L.
P.S. Schickst du mir, bitte, auch ein Haar, ein kurzes von Dir? Für mich?

Als ich den Umschlag öffnete, sah ich es sofort: schwarz, lang, etwas gewellt. Es sah aus wie ihrs. Ich hielt es hoch, mit spitzen Fingern, es fiel steif herab und bewegte sich überhaupt nicht. Im Gegenlicht schien es, als wäre da, wo es hing, ein Riß in der Welt.

Dann ließ ich es angewidert fallen.

Liane, meine geliebte Liane, hatte, wie ich wußte, keins beigelegt.

7

Ich spielte in diesen letzten Jahren der DDR mit Freunden öfter Billard - warum, weiß ich nicht. Einfach so. Weil wir etwas tun mußten. Karambolage. Das war schwieriger, als man heute denkt, denn im Osten Berlins gab es vielleicht eine Handvoll Tische. Ewig fuhr man durch die Stadt, ewig wartete man auf die S-Bahn, auf die U-Bahn, wartete auf den Schienenersatzverkehr, und wenn man endlich ankam, zum Beispiel in der »Klubgaststätte Druschba«, weit draußen in Marzahn, im Berliner Osten, dann, ja dann war der Tisch natürlich besetzt.

Also wieder warten. Auf den freien Billardtisch. Wobei es hier nur einen einzigen gab, der stets von einem Pulk von Leuten umlagert war, die ihrerseits lange gewartet hatten. Logisch, daß es dann beim Billard auch um nichts anderes ging als ums Warten: warten, bis man dran ist, warten, bis die Kugel ruht, bis man seinen Stoß vergeigt hat, und warten, bis man wieder eine Runde warten muß.

Im Lauf der Zeit wurde Billard für uns zur Metapher. Für das Leben an und für sich, mal für Zufall und Glück, mal für den unausweichlichen Gang der Dinge, hauptsächlich aber für das Warten schlechthin. Warten als Hobby, Warten als Dauerzustand, Warten als Modus vivendi, Warten als Daseinsbewältigung. Die DDR war das Land, in dem am meisten und, wenn das möglich ist, am intensivsten gewartet wurde. Alle warteten hier, entweder darauf, daß etwas begann, oder darauf, daß es aufhören würde. Man wartete stundenlang vor Geschäften, bis die Schlange vorwärts rückte, man wartete Jahre auf Autos, auf

Autoersatzteile, man wartete auf die Zuteilung der Wohnung, man wartete auf das unabsehbare Ende der Rede des Generalsekretärs des Zentralkomitees der SED und Staatsratsvorsitzenden der DDR sowie Vorsitzenden des Nationalen Verteidigungsrates auf der Berliner Bezirksdelegiertenkonferenz zur Vorbereitung des Parteitages, man wartete auf ein neues Buch, das längst erschienen sein sollte, auf Westpakete, die angeblich unterwegs waren, auf Handwerker, die nie kommen würden, und immer darauf, daß irgend etwas passierte. Das ganze Leben bestand aus Warteperioden. Offiziell wurde stramm auf den Ausbruch des Kommunismus gewartet, ansonsten warteten die meisten auf die Rente, weil sie dann reisen konnten.

Uns blieb gar nichts anderes übrig, als das Warten regelrecht zu zelebrieren. Und das ging so: Man lief, wenn man an der Reihe war, mehrmals um den Tisch, betont langsam, sich hinabbeugend, die Lage der Kugeln von allen Seiten in Augenschein nehmend. Zwischendurch richtete man sich auf, um skeptisch in die Runde zu schauen und allein mit seinem Blick und ohne Worte ungefähr das zum Ausdruck zu bringen: Daß hier eine komplizierte, nicht nur allen Regeln der Physik spottende, sondern auch jenseits ihres Geltungsbereiches schier ausweglose Stellung vorlag, war klar, aber daß es so kompliziert sein würde, das, nein, das wirklich nicht. Anschließend stellte man sich, Formeln murmelnd, Gravitationswerte kalkulierend und die Tücken des Tuches studierend, hinter verschiedene Achsen, ging noch einmal, wie um Anlauf zu nehmen, ein paarmal um den Tisch, drehte sich nach hinten, um zu prüfen, ob da nicht jemand sei, dessen negative Energie den Stoß eventuell ungünstig beeinflussen könnte, und legte an. Zielte. Setzte wieder ab. Kreidete, das hatte man in der Hochkonzentrationsphase nämlich vergessen, die Spitze des Queues. Kreidete langsam, kreidete gründlich, hörte überhaupt nicht mehr auf zu kreiden, wie in Trance.

Zielte neu. Und stieß endlich zu.

Was dann passierte, war klar: wieder warten. Die Kugel zog mit aufdringlicher Langsamkeit über die grüne Bahn, schleppte sich mit abnehmendem Schwung von Bande zu Bande, von der sie mit dumpfem, klaglosem Puffen abprallte, bis sie irgendwann nach längerem und scheinbar unentschlossenem Kreuz und Quer sich doch in eine Tischecke zu orientieren schien und, siehe da, zu den anderen beiden Kugeln hinbequemte, die ihrerseits wie ermattet und uninspiriert vor sich hin dösend, man weiß nicht warum, am Treffpunkt ausharrten und mit einem leisen, kaum hörbaren Klacken aneinanderstießen.

Magische Momente waren dies, weihevolle Augenblicke, uns durchschauerten quasireligiöse Erleuchtungen sinnstiftender Sinnlosigkeit, die wir mit pathetischen Worten zu kommentieren wußten:

»Das ist kein Schwein mehr, das ist eine Sauerei.«

»Wahrscheinlich ein phantastischer Rotationsfehler der Erdachse, daß die Kugeln jetzt alle in eine Ecke gerutscht sind.«

»Falsch berechnet, falsch gestoßen, falsch getroffen – nur so geht's.«

Mag sein, daß uns ein solcher Stoß die real-existierende Welt, die uns umgab, die Tristesse, die Wurschtigkeit, die niederziehende Provinzialität des Landes kurzzeitig ausblenden ließ, so daß vorerst nichts weiter zum absoluten Glück fehlte als eine neue Runde Bier.

Da jedenfalls, in der »Klubgaststätte Druschba«, einer Plattenbau-Kneipe mit Kegelbahn, traf ich ihn zum ersten Mal – den sie »WC« nannten, »Weltchef«. Ich hatte einiges gehört. Ein legendenumwaberter Macker, Türsteher, Klubchef, ein Ostzonen-Al-Capone, der Karten spielte, in irgendwelchen Hinterzimmern auch Roulette, wenn er nicht würfelte oder am Schachbrett saß. Ein Spieler, ein Zocker, es ging immer um Geld. Seinen richtigen

Namen kannte ich damals nicht. Aber ich wußte, daß er WC auch deshalb genannt wurde, weil er Toilettenpächter war, und zwar am Alex und im S-Bahnhof Friedrichstraße.

Toilettenpächter, das hört sich vielleicht nicht sehr glamourös an, aber man muß wissen, daß für diese Berufsgruppe die DDR ein unfaßbares Paradies und Dauerzuckerschlecken gewesen sein muß. Toilettenpächter, das war das Höchste. Die Maximalkarriere. Kommunismus als Istzustand. Geld für nichts oder nur dafür, daß man die Hand aufhielt. Halbmafiose Clans regelten den Zugang zu den lukrativsten Kloposten, die auf Lebenszeit in Beschlag genommen wurden. Es müssen da Summen im Rickeracke-Rockefeller-Bereich geflossen sein.

Wie um sein kriminelles Portfolio zu komplettieren, war der Weltchef außerdem, hieß es, Zuhälter. Angeblich. Eine Branche, die es in der DDR zwar nicht hätte geben dürfen, aber hintenrum klappte es eben doch. Es lief so: Türsteher vor Bars und Clubs – wie überall die gleichen eminent dumpfen Existenzen, die Kraftsport machten, öfter mit beiden Beinen im Gefängnis waren und sich ansonsten bemühten, so auszusehen wie Modern Talking in Aspik – ließen bestimmte Frauen nur rein mit der Auflage, daß sie sich um die Gäste kümmerten. Damit waren meistens westliche Touristen gemeint, die sich gewundert haben dürften über die Kontaktfreudigkeit ostdeutscher Verkäuferinnen. Das Geld, das dabei liegenblieb, ging an die Türsteher und von da weiter zu WC. Was der mit dem ganzen Aluminium machte, war mir schleierhaft.

Es gab Gerüchte und Gemunkel von Wettgeschäften auf den Pferderennbahnen in Karlshorst und Hoppegarten, wo der Einlauf der Rennen vorher ausgehandelt worden sei. WC mit dabei. Er stellte die Leute von Polizei und Verwaltung mit kleinen Gefälligkeiten ruhig, damit sie ein Auge zudrückten. Setzte dann auf irgendeinen Außenseiter von Hengst namens Alonso. Und kassierte eine Quote von 483 zu 5.

Sein Name fiel praktisch immer, wenn irgendwo in der Stadt ein heikles Geschäft lief und ein paar Bündel Hundertmarkscheine über den Tisch wanderten, meistens in seine Richtung. Wir bewunderten ihn. Daß einer wie er mitten in dieser vermurksten DDR sein krummes Ding drehte, wie er wollte, hatte Stil, hatte Charme, hatte unsere Sympathie. Und wenn man von seinem Weltchef-Gehabe und der wahrscheinlich vom WC-Pächtertum herrührenden Aura des Dubiosen absah, verkörperte er das, was wir alle gern hätten sein wollen, wenn wir nicht so bescheuert gewesen wären.

Er lehnte neben uns am Tisch. Rauchte. Beobachtete die Lage. Ich schätzte ihn so alt wie wir, also um die zwanzig. Ein hochaufgeschossener, hagerer Typ. Trug, wie ich später sah, stets eine schwarze Lederweste, schwarzes Hemd, schwarze Haare, passend zu seinen schwarzen Augen, die schnell unterwegs waren. Irgendwann, in einer kleinen Pause, blätterte er einen Zwanziger aus einem Packen, den er der Innentasche seiner Weste entnommen hatte. Wir spielten den ganzen Abend, Zweibänder, Dreibänder, ich verlor natürlich, aber nicht viel. Ein paar Wochen später raste er mit mir als Beifahrer mit 120 Sachen zu den Klängen von Verdis »Rigoletto« durch eine Einbahnstraße – in verkehrter Richtung, versteht sich.

Das Ost-Berlin der achtziger Jahre war bekanntlich ein Dorado der Nischensysteme, notdürftig überlagert von offiziellem Getue, dem niemand Glauben schenkte. In der Öffentlichkeit pries die DDR sich über alle Maßen und praktizierte die unverhohlene Selbstanschleimerei. Das Erreichte wurde allseitig vertieft, das Geleistete weiter ausgebaut, die Errungenschaften vervollkommnet, und stolz wurde zurückgeblickt auf die Erfolge, die ein Garant waren für Unumkehrbarkeit des Unumkehrbaren. »Alles zum Wohl des Volkes!« lautete die Dauerlosung der Partei – es war ein Sozialismus für Alkoholiker.

Dahinter, dabei und jenseits dessen gab's etliche Parallel-, Zwischen- und Unterwelten, die wunderbar funktionierten. Zum Leben brauchte man kaum Geld. Eine Zweiraumwohnung im Prenzlauerberg kostete die Phantasie-Miete von 21,37 Mark der DDR. Essen und Trinken, Bier und Wein waren Pfennigartikel. Luxusgüter und Klamotten standen nicht groß zur Auswahl. Reisen mußte auch keiner. Was blieb, war Zeit, viel Zeit, angefüllt mit nichts. Und mit Zeittotschlagen.

In Nachtbars, Diskos und Klubs, die sich auch in der DDR und vor allem in Berlin stark vermehrten, gab's in der Regel eine Hinterzimmerrunde, die um Geld spielte. Öffentliches Glücksspiel war natürlich verboten. Da aber in der DDR fast alles verboten war, fiel das nicht weiter ins Gewicht. Gespielt wurde für DDR-Verhältnisse um viel, und die Leute, die zockten, kamen von überallher und aus dem richtigen Leben: Autohändler, Schlagersänger, Fußball-Oberligaspieler, Handwerker. Neureiche, Kriminelle, Junge, Alte. Sie alle verband eine Kleinigkeit, nämlich jede Menge Geld, das sich partout nicht ausgeben ließ.

Die mangelnde Verwendungsfähigkeit von Geld war eines der Hauptprobleme in der DDR. Sie dürfte das einzige Land weltweit gewesen sein, das über Lottogewinner verfügte, die schier verzweifelten. Hier gab es Erben von immensen Vermögen, die durchdrehten, Preisträger und Ausgezeichnete, die depressiv wurden, weil sie nichts kaufen konnten. Weder ein Auto, noch ein Haus noch eine Wohnung waren ohne weiteres zu haben, keine Traumschiffe, kein Schmuck. Nicht mal vergoldete Füllfederhalter, auch nicht vom Aussterben bedrohte Papageiensorten, zu schweigen von handbemalten Sammeltassen aus Meißener Porzellan. Eine Million DDR-Mark war wirklich nicht viel mehr als Spielgeld.

Der Weltchef, wie sich zeigte, war, wenn man so will, der Pate, falls man das sagen kann, der Szene, wofern von ihr zu sprechen ist. Ich traf ihn öfter in diesen Klubs, wo er kaffeetrinkend und dauerrauchend Dinge besprach und tat. Im Laufe der Zeit freundeten wir uns an: er, der Halbweltgauner, ich, der Philosophiestudent; er der Spieler, ich der Spinner.

Ich sagte ihm öfter, daß er sich wahrscheinlich im Jahrhundert geirrt habe, Spieler und Pferdewetten, die gäb's heute nicht mal mehr im Film. Er antwortete, daß ich das nicht beurteilen könne, da ich als Philosoph mich wohl im Jahrtausend geirrt haben müsse.

»Du machst genau was?« fragte er mich.

»Ich bin praktisch nichtpraktizierender Philosoph.« Ich fand, das hörte sich gut an. WC war vielleicht anderer Ansicht.

»Praktisch nichtpraktizierender Philosoph?« fragte er. »Und das heißt was?«

»Ganz einfach, ich praktiziere nicht, also man könnte sagen, ich denke nicht nach.«

»Aha.« Es klang nicht uninteressiert. »Und das bringt was?«

»Kein Geld«, sagte ich. »Es ist eher so eine Art Verweigerung, verstehst du?« Er verstand eher nicht und betrachtete mich, wie man Philosophen öfter betrachtet.

»Weißt du, was Nihilismus ist?« fragte ich.

»Nö«, sagte er. »Hat das was mit Ägypten zu tun, mit dem Nil?«

»Er ist das Nein zu allen Dingen, Nein zur Welt, Nein zu den Menschen, Nein zur Gesellschaft, Nein zur Liebe, zu allem – nur nicht zum Nein selber, denn das Nein zum Nein wäre ein Ja, und deshalb darf der Nihilismus das Nein nicht verneinen, das ist seine Schwachstelle und auch der Grund, warum ich nur ein Teilnihilist bin, denn ich sage auch nein zum Nein bzw. dazu, daß das Nein zum Nein das Nein verneint, weil das Unfug ist.«

»Das ist Philosophie?« fragte er.

«Das ist Philosophie«, sagte ich.

»Das kann man studieren?« fragte er.
»Das kann man studieren.«

Uns verband nichts miteinander, abgesehen davon, daß wir beide jeweils nicht verstanden, wie der andere auf die Idee kommen konnte, das zu sein, was er war. Wie Äpfel und Birnen eben, sagte WC, und in meiner Akte findet sich ein Gedicht, von der Stasi kopiert und damit dem freundlichen Verschlag des Vergessens entrissen, von dem ich annehmen muß, daß ich es geschrieben habe.

Äpfel, mit Birnen verglichen

Sie ist eine Birne.
Ein Apfel ist er.
Und ein Vergleich fällt
Durchaus nicht schwer.

Er hängt am Apfel-,
Am Birnbaum hängt sie.
Vergleichbarer geht's kaum
In der Obst-Szenerie.

Sie schmeckt es-geht-so.
Er so-es-geht.
Das klingt nicht, als ob kein
Vergleich gehn tun tät.

Gestern mit morgen,
Geld mit Papier,
Frauen mit Männern,
Woanders mit hier.

Verglichen wird vieles,
Was gerade paßt.
Bierdurst mit Sterben,
Knackwurst mit Knast.

Liebe mit Sternstaub
Und Text mit Kompott
Und Schweine mit Alltag
Und Würfeln mit Gott.

Und Krieg mit Familie
Und Ärsche mit Hirnen.
Man kann alles vergleichen,
Auch Äpfel mit Birnen.

Überraschenderweise hatte WC kein Problem damit, mich hin und wieder mitzunehmen zu Zockerrunden, die mich zwecks »sozialen Studien« interessierten, wie ich ihm sagte. Sie fanden regelmäßig an bestimmten Wochentagen in geheimen Wohnungen, Hinterzimmern und Parkecken statt. Dort stellte er mich dann nicht nur als »nichtpraktizierenden Praktiker« vor, sondern auch als »nichtspielenden Spieler«, denn Geld hatte ich keins.

Namen, die ich noch weiß:

Herbert, er war immer da, ein Hausmeister auf der Pferderennbahn Karlshorst, der die Geldbündel unter die Hosenträger klemmte.

Jürgen, ein Oberligaspieler, stets mit Braut an seiner Seite.

Dieser bullige Horst, er hatte einen Laden mit »Miederwaren«.

Ein Fensterputzer, der Otto genannt wurde, mit Goldkette, Zigarrenstumpen und Kaiser-Wilhelm-Bart, er kam mit seinem Hund, und das war ein Rehpinscher.

Der Gintrinker Freddy, Fernsehschauspieler.

Manni, Bodybuilder und Türsteher.

WC und ich.

Ein ganz normaler Spieleabend mit ein paar ganz normalen, spielfreudigen, unausgelasteten Erwachsenen, könnte man denken. Diese Leute hatten an einem Tag mehr Geld erbeutet, als normale DDR-Bürger im Jahr verdienten, und sie hatten auch kein Problem damit, es genauso schnell zu verplempern. Wer sie sah, wie sie da zusammensaßen und die Geldscheine hin und her schoben, würde sie vielleicht nicht unbedingt für die geheime Weltregierung halten, aber genauso kamen sie sich vor.

Gespielt wurde immer Seven Eleven, ein denkbar simples Spiel mit zwei Würfeln, wobei einer die Bank hält und im Kreis herum gegen jeweils einen anderen spielt. Wenn ich es richtig behalten habe, gewann bei sieben und elf die Bank, bei zwei, drei oder zwölf verlor sie. Oder umgekehrt. Mindesteinsatz waren hundert Mark, der sich zügig steigerte. Die Geldstapel erreichten schnell filmreife Höhen, und das machte die öde Würfelei natürlich um einiges spannender. Bei 100.000 Mark, über deren Verbleib ein Spielzeugwürfel entscheidet, wurde selten gegähnt.

Die Verlautbarungen während des Showdowns beschränkten sich auf ein paar ewig gültige Wahrheiten, und die waren von monothematischer Wucht.

»Ich glaube, der hat einen Lauf.«

»Hätte gedacht, daß ich diesmal einen Lauf hätte.«

»So einen Lauf habe ich noch nicht gesehen.«

»Wenn das kein Lauf ist, also dann gibt es keinen Lauf.«

Ansonsten gab's nicht viel Text. Die Stapel bauten sich auf und ab. Die Würfel wurden mal gestreichelt, mal gerieben, mal beschworen. Und nicht aus den Augen gelassen.

Zocker wie wir saßen sicher überall in der Welt zusammen, doch in der DDR hatte die Freizeit-Mafia einen eigenen Charme. Es ging ja um nichts. Existenzsorgen kannte keiner von denen.

Die Konsequenzen waren kinderfernsehtauglich. Es wurde nicht geschossen oder geraubt, eine kleine Schlägerei war das höchste der Gefühle. Trotzdem ging's zur Sache, und größeren Ernst, gewichtigeren Ernst, ja tödlicheren Ernst habe ich seitdem in keinem Gesicht mehr gesehen. Da saßen Feierabend-Gangster, die gern echte Kriminelle gewesen wären. Und ich saß dabei, rauchte eine Cigarre, staunte, daß es das gibt, ein falsches Leben im richtigen sozusagen, und beobachtete diese kuriose Runde.

Dachte ich.

Natürlich war ich es, der beobachtet wurde. Die Runde interessierte die Stasi überhaupt nicht. Die Stasi interessierte sich für mich.

»W. ist jetzt öfter Gast bei den Würfelrunden in der Wohnung von (Name geschwärzt), er sagt, um philosophische Studien zu treiben. (Name geschwärzt), (Name geschwärzt) und (Name geschwärzt) wundern sich und fragen, warum er da ist. Er antwortet, daß er Philosoph werden will und wissen muß, was Ernst ist und was Spiel. Wenn ein Würfel entscheidet über glücklich oder nicht glücklich, dann ist der Würfel kein Würfel, sondern Gott. Deshalb könne er nicht würfeln, weil er Atheist ist. Ansonsten hält W. sich zurück und ist nur Beobachter.«

Ich habe keine Erinnerung an diese Szene mehr. Aber wozu braucht man ein Gedächtnis, wenn man eine Akte hat. Und einen Zuträger, der in der Runde sitzt, alles notiert und haarklein weitermeldet: WC, den Weltchef, der als IM »Spieler« auch dieses Geschäft locker und souverän miterledigt. Der Typ, ein stadtberühmter Zampano, Zocker, Zuhälter und Zonenkrimineller, ein in allem, was er tut und ist, klar und deutlich erkennbarer Antikommunist, der bespitzelt also mich für die Stasi.

Und nicht ich ihn.

Respekt.

8

Es gibt keinen Weg zurück? Wenn ich nicht falsch liege, gibt es nichts anderes. Was vor uns liegt, die Zukunft, ist doch sehr unsicher, sehr unbestimmt. Eine Zitterpartie mit unendlich vielen Möglichkeiten. Kein Mensch weiß, was kommt. Einen Sechser in der Lottoziehung von letzter Woche aber kann jeder haben. Die Vergangenheit ist das Paradies. Was war, wird wenigstens nicht mehr sein, und was gestern geschah, kann keinen großen Schaden anrichten. Andrerseits bietet es jedem freie Hand für kleine Ausschmückungen, Interpretationen, die alles in einem besseren Licht erscheinen lassen, Umdeutungen, Auslassungen, Verkürzungen, Verlängerungen – die Welt steht einem offen. Wer sie verbessern will, sollte sich an ihre Vergangenheit halten und von der Zukunft die Finger lassen.

So, wenn man will, ging, in groben Zügen, die Philosophie meines Freundes Moses, die ich, damals, nicht ganz uneinleuchtend fand. Moses hieß eigentlich Jan – Jan Breuer – und war wie ich Student der Philosophie im ersten Studienjahr an der Berliner Humboldt Universität. Ein Typ, der es den Professoren nicht gerade leicht machte. Er spielte, merkwürdig genug, leidenschaftlich Minigolf, aber nach seinen eigenen Regeln, drehte kleine Schmalspurfilme, die er stets rückwärts ablaufen ließ, und trug seine Kleidung grundsätzlich verkehrt-, also linksherum, nicht aus politischen Gründen, wie er beteuerte, sondern aus ästhetischen. Seine Philosophie, im Gegensatz zu Ernst Blochs »Das Prinzip Hoffnung«, das ihm nicht so ergiebig schien, nannte er »Das Prinzip Nachträglichkeit«. Die oftmals unterderhand angewandte Nachträglichkeit, glaubte er, sei die herrschende Philosophie aller Zeiten.

Er hatte unendlich viele Beispiele parat. Nachträglich wurden die banalsten Ereignisse zu Sternstunden der Menschheit, Wendepunkten der Geschichte oder Schicksalsmomenten des Lebens erklärt. Sei es die nachträgliche Umwidmung eines Gammlers und Sonntagsredners namens Jesus zum Sohn Gottes, sei es die nachträgliche Nichtvernichtung von Kafkas Werken, sei es die nachträgliche Einordnung der eben noch innig geliebten Freundin in die Reihe der unerträglichsten Personen, sei es die Entdeckung Amerikas, wo ein Orientierungsfehler von Kolumbus bis heute Anlaß ist, die Ureinwohner nachträglich als Indianer zu bezeichnen, sei es die geradezu exemplarische Arbeitsweise Stalins, der nachträglich die Bilder der einstigen Mitstreiter aus Gruppenfotos retouchierte, bis er selbst nachträglich wegretouchiert wurde.

Nachträglich war alles. Der Tod, sowieso, der immer nachträglich eintrete. Das Leben, das man nachträglich erst überblicke. Das Glück, das nachträglich als Glück überhaupt erst wahrgenommen werde. Die Liebe, die nur dazu da sei, um nachträglich verklärt zu werden.

»Und Sex?« fragte ich mal. »Der ist ja nun nachträglich nicht so großartig.«

»Der«, räumte Moses ein, »ist nachträglich schlicht unbegreiflich – und damit kein Gegenstand meiner Philosophie.«

Das Philosophiestudium in der DDR, das Studium der marxistisch-leninistischen Philosophie, war im Jahr 1987, als wir anfingen, kaum mehr als die übliche ruinöse, phrasenreiche Salbaderei – völlig verschult, politisch beargwöhnt und engstirnig justiert, im Grunde ein Partei- und Kaderstudium, das aber immer wieder von Irrläufern wie Moses und mir punktuell unterwandert wurde. Die Veranstaltungen waren oft drollig und bedrückend zugleich.

Montag früh, sieben Uhr, gab's tatsächlich ein Seminar in »Dia-Mat«, in Dialektischem Materialismus – das muß man sich mal vorstellen, ich war um diese Uhrzeit unfähig zu mehr als zu atmen –, und zwar bei Professor Scheel, einem grauhaarigen Männlein, das jeden Satz mit leiernder und leider nie sich selbst, sondern immer nur alle anderen ermüdenden – manchmal fürchtete ich: abtötenden – Stimme vom Blatt ablas. Die Gesetzmäßigkeit der historischen Entwicklung, der Fortschritt von einer niederen Gesellschaftsformation in die nächsthöhere, die Entwicklung der Produktivkräfte, Kampf und Einheit der Widersprüche, die immer wieder in neue Qualitäten umschlagenden Quantitäten, der Charakter der Epoche, das das Bewußtsein bestimmende Sein, der notwendige Übergang vom Kapitalismus zum Sozialismus – ein Eiertanz unförmiger Begriffe, den ich sehr schätzte, weil man dabei schön seine Gedanken weg- und über die wunderbarsten Felder schweifen lassen konnte.

»Die ganze Richtung stimmt nicht«, sagte Moses.

Das sagten damals viele. Aber Moses, wußte ich, sagte es nicht nur so dahin, sondern er meinte es auch.

»Sie wollten eine Frage stellen?« unterbrach Scheel sich selbst und meine Meditation im Weichbild von Nirvana.

»Ich wollte sagen«, sagte Moses, »kein Schwein weiß, was morgen sein wird. Gesetzmäßigkeit hin, Charakter der Epoche her.«

Der Professor schaute auf. »So, Herr Breuer? Schön, daß Sie offenbar wissen, was keiner weiß. Aber ohne Zukunft sind Sie tot. Oder steigen Sie in keine S-Bahn, ohne zu erwarten, daß Sie an einem bestimmten Ort in einer bestimmten Zukunft ankommen? Trinken Sie nichts, weil nicht ganz sicher ist, daß Sie Ihren Durst damit löschen können? Sagen Sie kein Wort, ohne davon auszugehen, daß jemand es hört?«

»Wie bitte? Was?« fragte Moses.

Wir lachten alle, der Professor schmunzelte kurz. Dann erklärte er in müdem Tonfall, daß natürlich nicht alle Zufälligkeiten und Kontingenzen Gegenstand der Dialektik sein könnten, sondern nur die wesentlichen Entwicklungsgesetze. Schon der große Philosoph Hegel habe sich einmal von einem Kollegen namens Wilhelm Traugott Krug aufgefordert gesehen, die Beschaffenheit ausgerechnet seiner, Krugs, Schreibfeder aus den allgemeinen Begriffen der Spekulation zu deduzieren. Hegel erwiderte damals, daß er zunächst die Gesetze des Kosmos, der Geschichte und die des Geistes bestimmen werde. Aber wenn später Zeit sei, werde er sich vielleicht auch Krugs Schreibfeder annehmen. Das, sagte Scheel, sagte Hegel, sei albernes Denken, das unter dem Horizont der Philosophie bleibe.

Das sah ich, einigermaßen erwacht, nicht so.

»Mal ist es eine Schreibfeder, mal ein Rasierapparat, mal ein Spaziergang, mal ein Eisenbahnwaggon, der eine Rolle spielt«, sagte ich. »Wußte denn Lenin, daß er, nachdem er in einem verplombten Waggon durch Deutschland Richtung Rußland verfrachtet wurde, die Revolution ausrufen könnte? Ahnte Rosa Luxemburg beim Bummeln am Landwehrkanal, daß der einmal ihr Grab sein würde? Hätte Marx prophezeit, daß man dereinst Fotos von seinem Bart durch die Straßen trägt?«

»Natürlich nicht«, ließ Moses sich wieder vernehmen, »sonst hätte er sich ja rasiert!«

Die kleine Debatte, zehn oder zwanzig Jahre früher geführt, hätte unangenehme Folgen haben können. Doch Ende der achtziger Jahre, zumindest in Berlin, war alles halb so wild, halb so streng und konnte, manchmal, auch charmant sein. Sogar die Stasi stellte auf Durchzug. Während meine Briefe und Gedichte abgefangen wurden, als handelte es sich bei ihnen um Raketenpläne oder Geheimpapiere aus Honeckers Nachtschrank, neigte sie beim Thema Philosophie zu Desinteresse. Dabei hätten sich hier sehr verdächtige Figuren wie Demokrit und Sextus Empiricus als Tarnnamen für konterrevolutionäre Pläne und Libertinage geradezu angeboten, um von der Stasi aufgeklärt zu werden. Es gibt in der ganzen Akte nur eine einzige Notiz, angefertigt von einem gewissen IM »Klaus Berger«. Die allerdings ist aufschlußreich:

»Der W. und (Name geschwärzt) fallen in den Seminaren durch arrogantes Verhalten und provozierende Rückfragen auf. Dabei ziehen sie immer wieder bewußt die Grundlagen der marxistisch-leninistischen Weltanschauung ins Lächerliche und Absurde. So erklärte (Name geschwärzt) öffentlich, die ganze Richtung unserer Entwicklung passe ihm nicht, und behauptete, Marx hätte sich rasieren müssen, wenn er gewußt hätte, daß seine Porträts auf den Demonstrationen der Werktätigen getragen werden. Von seiten der Lehrkräfte wird in nicht ausreichendem Maß Einfluß auf das schädliche Verhalten der beiden genommen. Es wird erzählt, sie planen in der nächsten Woche eine philosophische Aktion zur Ehrenrettung der Dialektik. Sie wollen öffentlich einen Füllfederhalter direkt aus dem Charakter der Epoche ableiten. Den genauen Ort und die Zeit dieser Aktion habe ich noch nicht in Erfahrung bringen können.«

Oberleutnant Schnatz vermerkt nüchtern: »Berichterstattung kann als objektiv eingeschätzt werden. Inf. ist op. bed., öffentl. Herabwürdigung des Begründers der komm. Weltbewegung. Maßnahmen: Verarbeitung Inf. in OPH, weiterer Einsatz des IM ›Klaus Berger‹, Auftrag und Verhaltensrichtlinie: durch vertrauliche Gespräche mit W. an Informationen über Ort und Zeit der geplanten Aktion kommen.«

Hegels oder vielmehr Krugs Schreibfeder-Anekdote hatte sowohl Moses als auch mich sofort stark gefesselt. Das schien mal eine echte Aufgabe zu sein, eine Herausforderung: die Ableitung eines banalen Alltagsgeräts aus den allgemeinen Prinzipien der Philosophie. Natürlich war uns klar, daß wir durch reines Denken oder Grübeln niemals eine Schreibfeder würden aus dem Nichts hervorbringen können. Aber deshalb wollten wir das Problem nicht sich selbst überlassen. Wir mußten es, überlegten wir, irgendwie abwandeln.

»Aus dem Charakter der Epoche«, faßte Moses die Problemstellung zusammen, »wenigstens was zum Schreiben ableiten – das sollte doch zu machen sein.«

Wie wir schließlich darauf kamen, ich weiß es nicht mehr genau. Wir erwogen anfangs, ein Hegelporträt mit einem DDR-Füllfederhalter der Marke »Heiko« zu malen oder wenigstens ein Exemplar dieses Schreibgeräts in Hegels Ruhestätte auf dem Dorotheenstädtischen Friedhof zu vergraben. Aber dann fanden wir, das beste wäre es doch, wenn wir eines dieser Wandgemälde mit Szenen aus dem sozialistischen Leben nähmen und dort unauffällig eine Schreibfeder – eben die von jenem Wilhelm Traugott Krug – oder besser, zeitgemäßer und bescheidener, einen Bleistift hinzumalten.

»Sozusagen nachträglich«, meinte Moses, »aber das versteht sich ja von selbst.«

Eine Riesenidee. Wandgemälde gab es in der DDR unzählige. Auf ihnen sah man in der Regel Symbole der Arbeit, Werkzeuge, Zeichnungen, Zirkel, Sonnenaufgänge vor Traktoren, im Wind schlackernde Fahnen, von links unten nach rechts oben strebende Massen und jede Menge Werktätige, die sich bedeutungsvoll umstanden. Die meisten dieser Gemälde hingen ziemlich weit oben an Hausfassaden oder befanden sich in nicht ohne weiteres zugänglichen Foyers von Betrieben, Kasernen, Krankenhäusern. Am »Haus des Lehrers« hing so ein Bild, im Außenministerium oder in der Kongreßhalle am Alex. Traktoristen und Stahlkocher, Frau mit Säugling vor blühendem Apfelbaum, auf Arbeiterfäusten rastende Friedenstauben – eine

Schreibfeder oder ein Bleistift wären da sicher irgendwie unterzubringen gewesen, aber sicher nicht ohne erhebliche Schwierigkeiten.

Da entsann ich mich eines Wandgemäldes, das ohne Probleme zu erreichen sein dürfte: in der Kantine des Werks für Fernsehelektronik. Dort hatte ich nach der Schulzeit meine Lehre absolviert. Das war der Durchbruch. Und ein paar Tage nach der kleinen Debatte im »Dia-Mat«-Seminar, zu Beginn der Nachtschicht, machten wir uns, Moses und ich, ausgerüstet mit Farben und Pinseln, auf den Weg.

1981, Anfang September, war ich das erste Mal hierher gekommen. Die Arbeit begann sechs Uhr vierzig und endete sechzehn Uhr zehn. Berlin-Oberschöneweide war damals ein kolossales Menschenklo. Tausende, Zehntausende Arbeiter wurden hier zu Schichtbeginn in den Orkus der am Spreeufer aufgereihten Maschinenhallen gespült. Die Straße war schwarz von Menschen. Autos hupten, Straßenbahnen kreischten, die Lokomotiven von Güterzügen pfiffen und bahnten sich einen Weg durch die Menschenmassen. Schwarze und graue Rauchwolken zogen um die Ecken.

Am ersten Tag, weiß ich noch genau, gab's einen Rundgang durch alle Abteilungen. Wir, die neuen Lehrlinge, schoben durch die Hallen, Gänge, Keller, Lager – ein Paralleluniversum, eine gigantische Galeere mit Menschen an Fließbändern, Menschen an kreischenden Maschinen, Menschen mit Blechen, Menschen mit Rohren, Menschen mit Stangen, Menschen in Kitteln, Menschen in Blaumännern, Menschen mit schwarz verschmierter Haut, Menschen mit grau verfärbter Haut, umgeben von einem öligen Odem, einem Geruch von altem Eisen und Schweiß.

Morgens »Morgen« sagen, mittags »Mahlzeit« sagen, abends »Feierabend« sagen.

Der klappernde Zollstock in der Seitentasche der Hose.

Das Rumoren der Maschinen, das Zischen und Stampfen der sich über Etagen windenden Gestänge und Bänder, die schmutzigen Fenster, die Wandzeitungen mit den Porträts der Besten und daneben, verdreckt, zerfetzt, die Pin-up-Poster.

Die Lehre, die Arbeit, die Fabrik, dieses Gewühl von Zehntausenden von Menschen – das alles hätte unter anderen Umständen ein aufregendes Abenteuer sein können. Aber ich war sechzehn. Und ich hatte mich nicht gedrängt, diesen Beruf zu ergreifen, ja überhaupt einen Beruf. Meine Neigungen galten damals eher den Peri- und Neopathetikern. Weniger hielt ich von Töpfern und Tischlern. Ich wollte keine Kranken heilen, kein Kaufmann werden, kein Klempner, kein Koch. Die Wirklichkeit war mir fremd und sollte, wenn es nach mir gehen würde, fremd bleiben. Autoschlosser, Maurer, Zahntechniker und Zerspanungsfacharbeiter – welche merkwürdigen Berufe auch immer, sie alle standen für ein Leben, das für mich unvorstellbar war. Aber es ging nicht nach mir. Studieren konnte ich erst einmal nicht. An den Universitäten gab es kaum Plätze, zumal für Philosophen. Nichtstun war in der DDR, diesem Land der sehr begrenzten Möglichkeiten, verboten und als asozial verfemt. Also mußte ich nach dem Schulabschluß irgendeine Lehre aufnehmen.

Die Entscheidung, zu werden, was ich nicht werden wollte, fällte ich in weniger als fünf Minuten in einem sogenannten »Berufsberatungszentrum«, wo gerade Elektromonteure gesucht wurden.

»Tja, hm, was könnten Sie bei uns machen«, sinnierte der Berufsberater, »wie wär's mit Elektromonteur?«

»Warum nicht?« sagte ich. Das war alles, das war's dann, das war das Einstellungsgespräch.

Das erste halbe Jahr standen wir in einer Reihe am Schraubstock und feilten. Ich hatte während dieser Zeit ausgedehnte somnambule Phasen. Während die Hände sich hin und her bewegten und ich rein körperlich an der Werkbank stand, schwebten meine Gedanken stunden-, tagelang im Abseits umher. Es war die Zeit, als ich Liane kennenlernte und an Gedichten und Briefen für sie feilte. In der Akte wird live darüber berichtet.

berlin, 14.12.82
meine liebste geliebte,
im allgemeinen tauwetter sammeln sich hier undurchdringliche pfützen,
und ich bin zum sprung bereit
aber der weg, ich weiß ihn nicht mehr
es gibt keinen weg
rilkes sehnsucht war: wohnen im gewoge und keine heimat haben in der zeit
meine sehnsucht ist: jenseits des gewoges, aber in der zeit
bzw. bei dir
so leid es mir für rainer maria tut
ich stehe jetzt den dritten monat am schraubstock, um bleche zu feilen
ich habe das gefühl, ich feile an meinem verrücktwerden
dieses gedicht habe ich heute verbissen in ein eisending hineingearbeitet:

AM SCHRAUBSTOCK

zur falschen zeit am falschen ort
tu ich das falsche, wie ich seh
ich feile, ich feile

wär gern bei dir, wär gerne fort
mit dir natürlich, schönste fee
ich feile, ich feile

ich feile, weil wir feilen müssen
vielleicht bis zur versenkung

ich feile, ich feile
ich schlage vor, daß wir uns küssen
mal ohne zeitbeschränkung
ich feile, ich feile

liebste liane, zur zeit suche ich einfach den ausschalter
für mein leben
aber wenn es ihn hier irgendwo geben sollte, er würde, wie alles, sowieso nicht funktionieren
falls da in deinem münchen irgendwo ein gefährlicher grat sein sollte, falls eine spitze ecke von einem stück stahl den stachus blockiert, falls ein grob abgesägtes stück rohr riskant über den englischen garten ragt – sag bitte bescheid
dein dich wie verrückt vermissender w.

»Bei W. handelt es sich um einen intellig. Menschen«, vermerkt Oberleutnant Schnatz im »Einleitungsbericht zum Anlegen der OPK – Deckname ›Spiegel‹«. Das ist kein Kompliment, sondern eine Gefahrenbeschreibung. »Allerdings sind Widersprüche zwischen seinem Verhalten in der Ausbildung und im Freizeitbereich erkennbar. Sichergestellte Gedichte an die Freundin im NSA lassen Zweifel am Lebensinhalt erkennen. Vgl. Gedicht ›Am Schraubstock‹, in dem neg. Grundhaltg. zu Teilbereichen d. soz. Gesellschaft deutlich werden. Im Rahmen der Kontrollmaßnahme ›M‹ wurde bekannt, daß der W. in Briefen immer wieder auf ironische Weise konkrete Republikflucht-Absichten äußert. So unterrichtet W. im Brief von 14.12.82, s. Anl. Dok. 000159, die KP indirekt von seinen Plänen, ins NSA überzusiedeln. Maßnahmen: Gewährleistung einer offensiven erzieherischen Einflußn., Durchführung weiterer Speicherüberprüf., Einschätz. d. Materials, Aufrechterhaltung Postkontrolle, Erarbeitg. v. Hinweisen zum Umgangs- und Verbindungskreis sowie Sonderrecherchen bei operativer Notwendigkeit.«

Die Gegenwart von einst - nachträglich spukt sie immer noch herum in der Gegenwart von heute, fremd und vertraut zugleich, wie traumatisiert. Es sieht hier alles noch genau so aus wie vor dreißig Jahren, nur eben verlassen, menschenleer nach dem Vulkanausbruch der Wende. Von den Massen, die sich hier einst durchs Gelände wälzten, ist nichts mehr zu spüren. Die Großbetriebe - das Transformatorenwerk, das Kabelwerk, die Batteriefabrik und das Werk für Fernsehelektronik - sind Museen ihrer selbst, riesige Ausstellungshallen, die jetzt entkernt, entrümpelt und entseelt in spukhafter Ruhe vor sich hin dösen. Eine vergessene Mondlandschaft der Arbeitswelt, Mausoleen des Nichts, nur dazu da, ihre Fassaden schmutzige Schatten auf das entvölkerte Gelände werfen zu lassen.

Die Pforte der Bildröhrenherstellung ist überraschenderweise besetzt, ich zeige den Stempel in meinem Sozialversicherungsausweis - letztes Datum: 15. 6. 1985 - und kann nach einem Nicken passieren. Das Werk hat mich wieder.

Auf dem Gelände: niemand, kein einziger Mensch.

Im Keller die heute wie damals unglaublich verdreckten Höhlengänge zu den Garderoben: leer.

Die verbogenen Metallschränke: offen.

Ein Grab ohne Leichen. Hallen wie Särge. Die Zeit steht. Kahle Wände, kahle Flure ohne Ziel. In der Nähe muß sie irgendwo gewesen sein, die Kantine. Ich gehe durch eine Flügeltür, die sich kaum leichter öffnen läßt als die zum Speisesaal der Titanic auf dem Meeresgrund, und gerate in einen leeren, schräg von tausend Sonnenstaubstrahlen schraffierten Saal. Ein geweihter, ein historischer Ort zweifellos, eine heilige Stätte der Philosophie, an deren Wand, als letztes Überbleibsel, Zeuge einer versunkenen Epoche, tatsächlich das ominöse Wandgemälde immer noch prangt. Jede Maschine, jedes Band, jeder Schrank, jeder Tisch, jeder Stuhl, jede Schraube - alles wurde hier ausgeräumt und beiseite geschafft.

Nur dieses Bild, für das sich wohl keine Verwertungsmöglichkeit ergab, blieb.

Ein vierflügeliger Altar der Arbeitswelt, dessen Innenräume sich zum Betrachter öffnen, halb Puppenbühne, halb mittelalterliches Tafelbild, gemalt in einer Technik, die lange vor der Erfindung der Zentralperspektive datieren muß. Alles steht beziehungslos nebeneinander, egal wo, vorn ist hinten, klein ist groß, und wer sich zuerst bewegt, hat verloren. Der Hintergrund ist fast ganz ausgefüllt von großen Fenstern, die den Blick auf einen Garten freigeben, der mit einer Überfülle von munter sprießenden Blüten, Blumen und Bäumchen aufwartet. Wenn nicht alles täuscht, muß das der Garten Eden sein - oder zumindest der gleich nebenan.

In der Bildmitte die Szene einer Sitzung, aber ohne Worte - eine Art Abendmahl, aber ohne Brot und Wein. Sechs zum Teil schon ältere Frauen an einem Tisch, angeordnet wie Kriegerdenkmäler, verharren in seltsam steifer Körperhaltung auf ihren einmal eingenommenen Positionen und blicken auf beeindrukkende Weise - man kann's nicht anders sagen - kreuz und quer aneinander vorbei. Ihre Zusammenkunft ist geprägt von einer beeindruckenden Dynamik der Lethargie. Die Münder sind verschlossen, niemand spricht ein Wort. Es kann beim besten Willen nicht gesagt werden, daß so etwas wie Optimismus oder eine Aufbruchstimmung zum Zug kommt. Vielmehr entfaltet sich hier eine eindrucksvolle Passion der Bitterkeit. Die Frauen wirken wie arretiert im Dienst, mitten in der Bewegung schockgefroren, irgendwie betätigungslos, seltsam aggressiv apathisch, in einer Art artifiziell-verkrampfter Entspanntheit. So könnte, so müßte, ja so sollte eine Schweigeminute aussehen, die seit Jahren andauert.

Links daneben, schier übergangslos, eine Kinderszene. Ein Mädchen und ein Junge, beide leblos wie Puppen, stehen da in einem Sandkasten, mit Eimer und Schaufel. Am Rand befindet sich ein kleineres Kind, bei dem die Perspektive völlig mißraten zu sein scheint, denn es ist nicht viel größer als ein kleiner Finger. Über ihnen wacht eine Frau, die Mutter womöglich, die Übermutter, mit Kind Nummer vier auf dem Arm.

Auf der rechten Bildseite, etwas verloren wirkend, eine Blumenvase mit roten Tulpen, daneben ein Bücherregal und davor ein Tisch, an dem eine Frau steht, die Zeitung liest. Neben ihr, sitzend, eine andere, ebenfalls in die Presse vertieft. Ob sie das Wetter studieren oder neue Produktionskennziffern - wir werden es nie erfahren.

Das linke Bildviertel schließlich zeigt wieder Frauen, jüngere diesmal, die sehr dicht vor einer Schultafel sitzen, an welcher der einzige Mann, der in dem Wandbild zu Gast ist, ein Lehrer womöglich, eine technische Zeichnung mit raketenförmigen Details erläutert. Die Rolle einer weiteren Dame, die scheinbar teilnahmslos, aber doch mißbilligend blickend dabeisteht, erschließt sich nicht auf Anhieb. Sie ähnelt Miss Moneypenny nach ihrem Übertritt zum KGB.

Der Blick wandert von einer Seite zur anderen und wieder zurück, hin und her, doch heraus kommt auf diese Weise nichts anderes als ein langsames Kopfschütteln.

Von links nach rechts gelesen, könnte es sich vielleicht um einen Lebensbogen handeln, wie er der Frau im Sozialismus vorbehalten war: Schule, Kinderkriegen, Sitzungen, auf denen stets andere das Wort führen, und im Alter Zeitungen lesen, in denen nichts steht, nicht einmal Todesanzeigen. Bemerkenswerterweise hat das Blatt, das die Dame rechts außen in den Händen hält, weder Buchstaben noch Bilder.

Die abwesenden Männer sind im Krieg oder im Weltraum, sind Zigaretten holen gegangen oder abgeholt worden - jedenfalls kommen sie so schnell nicht wieder. Das Bild hat keine Tür, durch die sie hereinspazieren könnten. Womöglich tagt hier der Zirkel der verlassenen sozialistischen Ehefrauen, und die Stimmung ist dementsprechend bedrückend. Keine Tasse Kaffee, kein Glas Wein steht auf dem Tisch. Das alles wären nur Ablenkungen, die nicht funktionieren, die auch nicht mehr weiterhelfen. Nicht auszuschließen, daß sie alle, die sich hier versammeln, auf den gleichen Heiratsschwindler hereingefallen sind und sich jetzt stumm und betroffen gegenübersitzen. Und der Mann links im Bild? Das ist der Ermittler der Kriminalpolizei, der gerade eine Befragung vornimmt, um anhand der Angaben der letzten Opfer ein aktuelles Phantombild des Täters anzufertigen. Leider hat die Kripo nur einen unerfahrenen Berufsanfänger für diese Aufgabe abstellen können, der nicht in der Lage ist, einen einigermaßen passablen Kopf freihändig und ohne Millimeterlineal zu zeichnen.

Ein Arrangement, das andeutet, daß auch im Sozialismus noch längst nicht alle Probleme gelöst sind, gerade für die Frauen, die immer noch zu leicht auf falsche Versprechungen hereinfallen. Die kleinbürgerliche Familienidylle, nach der sie sich sehnen, gibt es nicht mehr, wird es nie mehr geben.

Andrerseits, natürlich, könnte der eklatante Frauenüberschuß womöglich auch darauf hindeuten, daß der Künstler hier seinen Horror vor der Emanzipation ins Werk gesetzt hat. Denn der einzige Mann, links außen, ist auch die einzige Person, die arbeitet, die agiert, die überhaupt etwas tut. Alle anderen Figuren des Bildes sind Frauen, die passiv abwarten und mit der Welt, die sie umgibt, nichts anfangen können, außer Kinder zu kriegen, gelangweilt zu schweigen oder preziös in der Zeitung zu blättern. Die sinnlose Anwesenheit, das Präsenzzeigen aus Prinzip – das ist das Ergebnis einer Politik, die Frauen in die Produktion zwingen will. So weit kommt es, will der Künstler uns sagen, wenn ihnen ohne jede Not Zugang zur Arbeitswelt verschafft wird. Wobei es den Anschein hat, daß die Frau in Blau, rechts außen, ohne Leidenschaft in ihrer Zeitung liest. Aber sie tut es. Andernfalls müßte sie nämlich die beiden Bücher lesen, die unaufgeschlagen vor ihr auf dem Tisch liegen, aber das wäre ihr wohl zuviel des Guten.

Verzückt gehe ich auf und ab vor diesem Bild, das zunächst einen eher öden und oberflächlichen Eindruck auf mich machte. Es läßt, weiß Gott, viele Fragen offen, obwohl es selbst nichts in Frage zu stellen scheint. Kein toter Hund liegt unterm Tisch, kein Vogel segelt vorbei. Alles ist in sich geschlossen, hermetisch abgeriegelt.

Und wenn genau dies das Thema des Bildes sein sollte? Nämlich was passiert, wenn einmal alle Probleme gelöst, alle Fragen beantwortet sein werden? Verweist das Bild womöglich auf eine radikale Utopie, eine Vision des hier vor unseren Augen sich vollziehenden Übergangs vom Kapitalismus zum Kommunismus? Die Hälfte aller Werktätigen ist schon befreit von der Trübsal der Erwerbsarbeit, aber eben auch freigesetzt von ihren impliziten Sinnstiftungen. Klar wird, daß mit der Abschaffung der Ausbeutung noch eine ganze Menge mehr abgeschafft wird. Die Lehrerin in der roten Bluse, sich selbst und ihrer Muße überlassen - sie könnte dem zuhören, was ihr Kollege sagt, aber warum? Ist es nicht schon das weiße Rauschen der Redundanz? Das Mädchen in Altrosa steht im Sandkasten herum, es hat sich ausgebuddelt. Da ist nichts mehr zu holen. Die Frau am Tisch hat sich erhoben, sie will eigentlich gehen oder etwas sagen, aber wohin und was? Die Dame in Grün ihr gegenüber nimmt nicht mehr teil, ihr Diskussionsbeitrag ist nicht mehr nötig, sie ist - in einem Sinne, wo das kommunistische und das ärztlich-attestmäßige Vokabular überraschend ineinander übergehen - »befreit« von Wortbeiträgen. Es gibt nichts mehr als die Simulation des Als-Ob. Als schönes Beispiel dafür steht wieder die Frau mit der Zeitung. Man sieht ihr an, daß das keine Rolle mehr in ihrem Leben spielt. Sie liest Zeitung wie ein Schauspieler im japanischen Kabuki-Theater, also rein rituell, Zeitung hoch und Blick irgendwie da reinhängen. Es ist diese gleichsam finale, postrevolutionäre, postkoitale Tristesse der Sinnleere, also einer Befreiung ins Nichts, die die DDR ausmachte und die hier schonungslos vorgeführt wird.

Dieses Bild ersetzt ganze Geschichtsbücher. Es ist alles drin. Und nichts wird beschönigt.

Auffällig und bemerkenswert ist nämlich auch, daß keine der Figuren dieses Ensembles allein gelassen wird. Alles findet in einem Raum statt, sogar der Sandkasten ist dabei, wenn auch schräg nach oben gekippt, so daß man fürchten muß, er könnte gleich aus dem Rahmen fallen. Alles bleibt drinnen, nichts dringt nach draußen, jede und jeder steht fest an seinem Platz, auf seinem Posten, in einer jederzeit überschaubaren Anordnung. Und überall ist jemand, der aufpaßt. Sei es gelangweilt links vor der Tafel die Inoffizielle Mitarbeiterin in der roten Bluse, sei es die Mutter hinter dem Sandkasten, sei es die stehende Parteisekretärin am Tisch, die streng darauf achtet, daß niemand wegdämmert, oder sei es die Frau vor dem Bücherregal mit der sogenannten Zeitung, die nur aus weißem, unbedrucktem Papier besteht und offenbar allein der Tarnung dient. Das würde einiges erklären, unter anderem auch das Schweigen im Bild, das Aneinander-Vorbeisehen, die ausdruckslosen Gesichter, denen niemand etwas anmerken soll.

Ein Werk im Stil des sozialistischen Realismus also? Das gerade nicht! Irritierend ist schon die Vielfalt der Richtungen, in welche die Schatten in diesem Bild fallen. Bei den Stühlen scheint das Licht von rechts vorn zu kommen, im Garten senkrecht von oben, bei der Trennwand in der Bildmitte von rechts hinten, beim Sandkasten von links. Manche Figuren wie die Kinder werfen überhaupt keinen Schatten, andere gleich zwei. Bei der Frau in gelber Bluse, am Kopfende des Tisches, wird der Körper von vorn, die Arme hingegen werden von hinten beleuchtet. Stümperei? Angewandter Dilettantismus? Sehr verwirrend jedenfalls, doch nicht ungewöhnlich. Gemälde mit doppelten Schatten haben die Kunstgeschichte hinter sich. Kein Geringerer als Goethe ist es, der im Namen der Freiheit des Künstlers, des großen Künstlers wohlgemerkt, die Schattenwillkür verteidigt. Die berühmte Schattendebatte am Anfang des 19. Jahrhunderts trägt sich, unbemerkt vom Rest der Welt, in den Gesprächen zwischen Goethe und Eckermann zu. Goethe legt ihm am 18. April 1824 einen Stich vor, Rubens' »Rückkehr von der Arbeit«, eine Landschaftsszene nach Sonnenuntergang, mit Schafen, Pferden, Heuwagen, Bauern und Arbeitern. Eckermann ist sehr überrascht, als er feststellen muß: »Aber wie … die Figuren werfen den Schatten ins Bild hinein, die Baumgruppe wirft den Schatten dem Beschauer entgegen? – Da haben wir ja das Licht von zwei entgegengesetzten Seiten, welches aber ja gegen alle Natur ist!« Und Goethe? Was antwortet er, und was hätte er auch angesichts des Kantinen-Wandbilds, vor dem ich stehe, geantwortet? »Das ist eben der Punkt … Das ist wodurch sich Rubens als groß erweiset und an den Tag legt, daß er mit freiem Geiste über der Natur steht und sie seinen höheren Zwecken gemäß traktiert … Allein wenn es gegen die Natur ist, so sage ich zugleich, es sei höher als die Natur, so sage ich, es sei der kühne Griff des Meisters, wodurch er auf geniale Weise an den Tag legt, daß die Kunst der natürlichen Notwendigkeit nicht durchaus unterworfen ist, sondern ihre eignen Gesetze hat.« – Der doppelte Schatten in Rubens' Werk und, sagen wir, der dreieinhalbfache im Werk für Fernsehelektronik – das kann kein Zufall sein. Dieser Künstler besteht auf seiner Freiheit und pfeift auf jedwede Gesetzmäßigkeiten. Und mag das Licht des Sozialismus auch noch so hell erstrahlen: Wo viel Licht ist, da ist eben auch viel Schatten.

Aber halt! Nimmt nicht den mit Abstand größten Raum in diesem Bild der Garten ein? Pflanzen über Pflanzen, Blüten über Blüten – alles in Überfülle. Merkwürdigerweise ist, was da wächst und sprießt, allem Anschein nach orientalischen Ursprungs. Die Bäume im Hintergrund könnten Feigen- oder Granatapfelbäume sein oder vielleicht Lorbeerbäume – allein, die wuchsen auch im DDR-Sozialismus nicht vor der Haustür. Ein kleiner, verzweifelter Fingerzeig, daß das Paradies woanders ist? Versteckte Kritik an der nicht vorhandenen Reisefreiheit? Ein Werk der Anklage, ein Aufstand des Gewissens, ein Appell an die Mächtigen, das eigene Volk nicht in den grauen Käfig der Alltagswelt einzusperren? So könnte man das sehen. So sollte man das sehen. Sonderbar nur, daß keine der Frauen auf dem Bild Notiz nimmt von der Pracht, die sich direkt vor dem Fenster und somit in greifbarer Nähe befindet. Alle wenden dem Garten, den Blumen, dem blauen Himmel den Rücken zu, schauen ins Leere, lesen sogar lieber eine Zeitung, in der nichts steht – abgesehen von einer Frau am Tisch, bezeichnenderweise ganz in Schwarz gehüllt, deren Habitus Trauer und Hoffnungslosigkeit auszudrücken scheint. Eine mythische Konstellation deutet sich hier an: Dürfen sie den Blick nicht wenden? Oder wollen sie's nicht? Oder wissen sie gar nicht, was sich da hinter ihnen auftut?

Der Garten, so viel steht fest, interessiert die Anwesenden nicht im geringsten. Bei genauem Hinsehen wird auch klar, warum: Es mangelt an Wegen, an Pfaden. Infolge der exzessiven Bepflanzung mit Iris, Tulpen und Margeriten im Bodenbereich ist kein Durchkommen mehr. An alles hat man hier gedacht, alles wurde bis ins Kleinste sorgfältig geplant, eine Bepflanzung sozusagen auf Weltniveau – aber den Menschen, den hat man mal wieder vergessen. Deshalb, verständlicherweise, sind die Frauen so frustriert. Ein schöner Garten voller Blumen, und dann kein Rein- und kein Rankommen.

Über die Gründe einer derart engen, geradezu tropenwäldlerischen Bepflanzung kann natürlich nur spekuliert werden. Der wahrscheinlichste Grund ist wohl, daß im Chaos streng planwirtschaftlicher Konfusion gerade kein Gerät zur Wegbereitung vorhanden war – warum auch immer. Vielleicht weil die Lieferung von Walzen oder Plattenhebern aus Bulgarien mal wieder stockte.

Oder, nein, alles falsch. Denn wenn es Lorbeerbäume sind, und es sieht ganz danach aus – Lorbeerbäume für Lorbeerkränze, die nach den wilden Planungen der späten Ulbrichtzeit einmal allen Aktivisten ums Haupt geflochten werden sollten –, wenn also hier Lorbeerbäume einer Lorbeerplantage wachsen, dann haben wir ein Werk vor uns, das früh-ökologisch die Monokultur anprangert, nach dem Motto: »Seht her, was sie mit unseren Frauen machen!« Lorbeer, muß man wissen, ist sehr stark ätherisch und kann im Übermaß genossen zu Schläfrigkeit, ja sogar zu einem Stupor führen. Es wäre also möglich, daß der betretene Gesichtsausdruck der Frauen einfach nur Benommenheit ist, narkotische Benommenheit, die durch die eindringenden Ausdünstungen der Intensiv-Bepflanzung mit der Lorbeer-Monokultur ausgelöst wurde. Die Lehrerin hält sich bereits den Bauch. Eine Frau am Tisch ist aufgestanden, um sich zur Toilette zu begeben. Bei den Schülerinnen vor der Tafel ist kaum noch Muskeltonus in den Armen, sie hängen schlaff am Stuhl herunter – sie sind schon so gut wie weggetreten. Und das Mädchen im Sandkasten überlegt, ob der Eimer vor ihr ausreicht, um sich in ihn zu übergeben.

Eine auf den ersten Blick schlichte, fast unbeholfene Arbeit in pastosen, im Lauf der Jahre verblaßten Farben, von Studenten, Laienkünstlern oder der Arbeitsgemeinschaft am Feierabend malender Fernsehwerker angefertigt, vermutlich in den sechziger Jahren. Doch Delacroix' »Floß der Medusa«, Menzels »Eisenwalzwerk« oder Picassos »Guernica« sind im Vergleich dazu kaum anspielungsreicher. Der Charakter der Epoche – wohl nirgends gewann er so eindrucksvoll Kontur wie auf diesem Gruppenbild mit Damen.

Das man, einerseits, nicht überinterpretieren sollte. Schließlich hing es an der Wand einer Kantine, nicht einmal der Hauptkantine des Werks, sondern nur der kleineren, wenn ich es richtig erinnere, Nebenkantine. Der Auftrag an die Künstler lautete gewiß, ein rundum beruhigendes, diffus appetitanregendes Bild zu malen, eins, das nicht allzu konkret wird, eins, das nicht zu ausgedehntem Verweilen einlädt, nicht zur ausufernden Schlemmerei, sondern eher zum schnellen Verzehr ermuntert, so daß man bereitwillig und zügig zurück an den Arbeitsplatz eilt. Deshalb steht da auch nichts auf dem Tisch, nicht mal Wasser. Deshalb wird nicht gesprochen. Deshalb die betreten-gereizte Wartezimmer-Atmosphäre, die einen mit jeder Geste auffordert: »Na wird's bald! Willst du ewig Pause machen?«

Ein Werk, das andrerseits, in Kenntnis aller Zusammenhänge, schwerlich überzuinterpretieren wäre! Denn wen würde es groß erstaunen, hier, in diesem scheinbar unscheinbaren, der Welt abhanden gekommenen Kantinenfries der Arbeitswelt, als wäre das alles noch nicht genug, die Lösung eines der fundamentalsten philosophischen Probleme der Geistesgeschichte vorzufinden? Ungefähr im Zentrum des Bildes, auf dem langen Tisch, außerhalb jeder Gefahr, einfach weggenommen zu werden, unauffällig, aber auch unübersehbar liegt sie da, die zum Bleistift avancierte Schreibfeder von Wilhelm Traugott Krug.

9

»Tag, Aussen, Grau« – murmelte ich vor mich hin, als ich durch einen düsteren Novemberregen am »Demokratischen Haus« um die Ecke bog, unter der Jacke geschützt die Mappe mit dem Vortrag, den zu halten ich mich hatte breitschlagen lassen. Natürlich hatte ich mich ausgiebig vorbereitet. Ich schrieb die ganze Rede auf, nannte sie »Der unbekannte Untergrunddichter in der DDR-Gesellschaft«, baute Fakten, Zahlen, Zitate ein und lernte vor allem die Gedichte auswendig, von deren Wirkung ich mir einiges versprach. Ich testete meinen Vortrag am Spiegel im Bad, am Rückspiegel im Auto und auch vor dem Spiegel in einer Umkleidekabine bei Karstadt und erntete überall schweigende Zustimmung – außer bei Karstadt, wo eine dumpfe Stimme aus der Nachbarkabine plötzlich herüberrief: »Wird schon wieder!« und eine Hand mit einem Eurostück sich durch den Vorhang schob.

Die Unsicherheit war geblieben. Wie sollte ich auftreten? Vom Blatt abzulesen wäre nicht gut, frei zu sprechen traute ich mir nicht zu. Was, wenn die Leute, was ihnen nicht zu verübeln wäre, über die Gedichte den Kopf schüttelten? Was, wenn Fragen kämen, die mir zu intim wären? Ich fühlte mich wie zu einer unangenehmen Prüfung geladen, bei der von vornherein feststand, daß ich durchfallen würde, aber noch offen war, wie genau.

Am Eingang stieß ich auf ein unübersehbares Plakat mit meinem Namen. In Großbuchstaben teilte der Text mit, daß hier und heute der unbekannte unterdrückte Untergrundschriftsteller W. auftreten und aus seinem unbekannten Werk lesen werde. Mit Kugelschreiber hatte jemand hinzugefügt: »Hö, hö, das wird lustig!« Daneben stand, in anderer Schrift: »Unbekannte Zuhörer, kommt!« Ein anderer hatte vermerkt: »Viel Spaß – unbekannterweise!« Und mit fettem Edding, unfaßbar für mich, hatte jemand geschrieben: »Leute, ich garantiere!!!, daß es sehr, sehr komisch wird.«

Mein erster Impuls war, auf der Stelle umzukehren. Dem zweiten Impuls nachgebend, riß ich das Plakat ab und betrat den Saal.

Wenn ich damit gerechnet hatte, eine Handvoll Zuhörer vorzufinden – ein paar graubärtige Bürgerrechtler, die Veranstalter und Zufallsgäste, die keine bessere Idee für den Abend ergattern konnten –, dann hatte ich mich getäuscht. Zu meinem Entsetzen war der Saal total überfüllt. Die Sitzplätze reichten nicht aus, überall saßen junge Leute, Studenten, Pärchen, und sie waren in bester Stimmung. Sie lehnten an den Fensterbrettern, sie standen an den Wänden entlang, in den Gängen, sie hockten auf dem Fußboden, und sie richteten ihre Augen erwartungsvoll auf mich.

In der ersten Reihe gewahrte ich Frau Schneider, die mir aufmunternd und freundlich zulächelte. Neben ihr saß ein dicker Typ, der mir, als er mich erblickte, fröhlich zuwinkte und breit griente.

In panischer Erwartung anbrechender Peinlichkeiten betrat ich die Bühne. Ich hielt das Plakat hoch und sagte: »Falls hier jemand gekommen sein sollte, um einen unbekannten Untergrunddichter zu sehen, der aus seinem unbekannten Werk vorliest – bitte!«

Der Saal verstummte sekundenlang, danach ertönte ein fröhliches Raunen.

Frau Schneider in der ersten Reihe hatte sich erhoben. Sie drehte sich halb in den Saal, halb zu mir und hielt eine kleine Eröffnungsansprache: »Ein herzliches Willkommen an alle! Mein Name ist Anika Schneider, ich bin vom V.U.U.D., dem Verein der unbekannten Untergrunddichter Deutschlands. Wir haben Herrn W. heute hier eingeladen, weil er in der DDR ein echter unterdrückter unbekannter Untergrunddichter war – so unbekannt übrigens, daß er selber nicht einmal wußte, daß er einer ist.«

Ich hörte einen spitzen Schrei. Der Saal fing an zu lachen.

Das war mir unangenehm: Frau Schneider hatte mich schließlich eingeladen, wir saßen im selben Boot. »Entschuldigen Sie, Frau Schneider«, sagte ich deshalb, den Ball aufnehmend und so jovial wie möglich, »ganz unbekannt war ich mir selber nicht.«

Das Publikum belohnte unseren kleinen Disput mit heftigem Gelächter. Als es verklungen war, fuhr ich fort: »Ich bin eigentlich nicht gekommen, um Sie zum Lachen zu bringen. Wer Spaß haben will, kann in den Comedy-Quatsch-Club gehen, hier gleich nebenan. Da gibt's komische Nummern, stotternde Brillenträger mit sprechenden Handtaschen. Oder Zauberkünstler, die eine Frau durchsägen und dann feststellen, es war die falsche. Oder einen Rentner im Bademantel, der seinen Staubsauger interviewt – das ist lustig.«

Direkt zu meinen Füßen saß eine Gruppe junger Studenten, gackelte und preßte die Lippen aufeinander. Während ich sprach, zeigte einer mit dem Finger auf mich und boxte der Nachbarin mit dem Ellenbogen in die Seite, sie stieß zurück und kicherte leise.

»Kann sein«, sagte ich, »es gibt in meinen unveröffentlichten Gedichten ein paar lustige Stellen, doch der Vortrag hat ein ernstes Thema. Es lautet, wie Sie wissen: ›Der unbekannte unterdrückte Untergrunddichter … in der DDR-Gesellschaft‹. – Ich verstehe nicht, worüber Sie lachen. Welches Wort kommt Ihnen denn komisch vor? Unbekannter? Ist das komisch? Haha! Oder Untergrunddichter? Ist Untergrunddichter ein so lustiges Wort?«

Der Saal platzte vor Lachen. Sogar Frau Schneider gluckste verstohlen. Der dicke Student neben ihr hielt sich grölend den Bauch. Ein anderer krähte wie ein entmannter Hahn.

Ich sah auf die Uhr: Bereits zehn Minuten waren vergangen, und ich hatte noch gar nicht angefangen. Als die Zuhörer sich endlich etwas beruhigt hatten, versuchte ich erneut, mein Anliegen vorzubringen: »Ich glaube, Sie verwechseln hier etwas: Es gibt nämlich zwei Sorten unbekannte Dichter. Die einen sind unbekannt, weil sie es einfach nicht schaffen, bekannt zu werden, weil niemand sie zur Kenntnis nehmen will, weil sie ... wahrscheinlich ... wie soll ich sagen ... eben nicht die richtigen Worte finden.«

Es herrschte hochangespannte Stille.

»Die anderen, die anderen unbekannten Dichter, und zu denen gehöre ich, unbekannterweise, sind unbekannt nur aus einem Grund: Weil sie unbekannt bleiben sollen! Und das ist gar nicht komisch. Das ist bitter, das ist eher zum Weinen. Verstehen Sie?«

Und wie sie verstanden. Ein Sturm brach los. Sie weinten Tränen vor Lachen. Die Nachbarin des dicken Studenten schluchzte immer wieder auf in ihrem Lachkrampf. Er wischte sich mit dem Ärmel das Wasser aus den Augen.

Alle amüsierten sich köstlich, mit Ausnahme von zwei Wachdienstleuten, die aus irgendeinem Grund am Ausgang ausharrten, mit einem strengen und unnahbaren Blick, der zu verstehen gab, daß sie hier im Dienst waren und nicht, um Spaß zu haben.

»Kafka«, sagte ich und machte eine Pause.

Ich verstehe bis heute nicht, was so lustig an dem Wort »Kafka« war, aber auch dies erzeugte einen Lachanfall.

Als sich alle beruhigt hatten, teilte ich ohne Atempause mit, daß Kafka ebenfalls ein unbekannter Dichter gewesen sei und daß er, als er aus seinem Roman »Der Prozeß« las, genauso lachte wie jetzt das Publikum – mit dem Unterschied, daß alle seine Zuhörer bitterlich weinten und ausriefen: »Das ist das traurigste Buch der Welt!« Oder ein anderes Beispiel: Trakl …

Bei der Nennung des Namens Trakl kam es erneut zu Turbulenzen im Publikum.

»Trakl«, fuhr ich fort, »Trakls Motto …«

Es ging nicht. Ich kam nicht durch. »Trakls Motto«, wieherte einer, und es hörte nicht mehr auf.

»Trakls Motto war bekanntlich – ich darf zitieren – ›Der Wahrheit nachsinnen – viel Schmerz.‹«

Jetzt war Schluß. Auch die wenigen, die bis hierher noch halbwegs beherrscht zugehört hatten, prusteten los. Die feine Frau Schneider griff sich im Versuch, das Lachen zu unterdrükken, an den Hinterkopf. Der dicke Student ließ sich auf seine Nachbarin fallen, krümmte sich vor Lachen und stampfte mit beiden Beinen auf den Boden. Seine Nachbarin lachte schrill wie eine Trillerpfeife. In der Mitte des Saals fiel irgendwer vom Stuhl. Selbst einer der beiden Wachdienstmänner hatte es nun nicht mehr ausgehalten und ebenfalls angefangen zu lachen. Und dies gleich so heftig, daß er sich mit den Händen auf die Schenkel klopfte und den Hinterkopf gegen die Wand schlug. Nur sein Partner harrte nach wie vor ernst und regungslos auf seinem Posten aus.

Muß ich noch erwähnen, wie meine Behauptung aufgenommen wurde, Untergrunddichter seien, anders als ihr Ruf, oft recht fröhliche Menschen?

»Wolf Biermann hat immer seinen Spaß gehabt, und dieser Lutz …«

»Ja, dieser Lutz, genau!« rief jemand.

»… Lutz Rathenow war auch ein ausgesprochen heiterer Bursche.«

»Heiterer Bursche! Ich fasse es nicht! Heiterer Bursche«, grölte ein junger Mann von seinem Platz aus.

Bevor ich etwas erwidern konnte, bog sich der Saal erneut vor Lachen.

»Trotzdem darf nicht unterschlagen werden, welche Rolle der unbekannte Untergrunddichter in der Gesellschaft spielte.« Meine Worte gingen unter. Ich sprach tapfer weiter von Unterdrückung, Überwachung, Verfolgung, Verletzung der Privatsphäre und nicht vorhandenen Menschenrechten. Ich erklärte, die DDR sei ein totalitärer Staat gewesen, der von einer einzigen Partei regiert wurde, der man das auch angesehen habe. Bei Literatur sei sie vor Angst fast verrückt geworden, deshalb hätten alle im Stil des sozialistischen Realismus schreiben müssen, ohne daß irgendwer wußte, was das genau war.

Wenn ich gehofft hatte, das Publikum zu ernüchtern und innehalten zu lassen, hatte ich mich getäuscht. Sobald ich die Worte Stasi, IM und Akte aussprach, verfielen alle wieder in begeistertes, ja hysterisches Gelächter.

Als ich wieder auf die Uhr sah, war meine Zeit abgelaufen, und ich hatte zum Thema des Vortrags so gut wie nichts gesagt. Resigniert und etwas onkelhaft meinte ich noch: »Als wir Kinder waren, brauchten wir, um uns zum Lachen zu bringen, nur bestimmte Wörter auszurufen wie ›Hühnerkacke‹ oder ›Eierkopf‹. Ich glaube, Sie sind aus diesem Alter noch nicht ganz rausgewachsen.«

Eine weitere Lachwelle folgte meinen Worten. Irgendwo klingelte ein Telefon. Es hatte keinen Zweck. Ich schloß meinen Vortrag mit einem Resümee: »Ich dachte eigentlich, das sei hier eine ernste Angelegenheit, aber da lag ich offenbar daneben. Daher beende ich hiermit. Danke fürs Zuhören.«

Beifall prasselte los, die Leute standen auf, jubelten und wollten gar nicht mehr aufhören. Nach dem Vortrag kamen sogar Autogrammsammler.

Eine ältere Dame nahm ihre Brille ab, blickte mir in die Augen und versicherte: »Ich habe in meinem ganzen Leben nicht so gelacht. Besonders, seit im letzten Jahr mein Mann aus dem Fenster sprang.« Dann klingelte das Telefon in ihrer Handtasche und sie sagte: »Ach Gottchen, hoffentlich ist er das jetzt nicht!«

Der dicke Student bedankte sich für meinen »geilen Sinn für Humor«.

Seine Nachbarin sagte, sie habe vorgehabt, ihre Doktorarbeit über die Leute vom Comedy-Quatsch-Club zu schreiben, aber jetzt werde sie nur noch über unbekannte, nein, unterdrückte, nein, unbekannte unterdrückte Untergrunddichter schreiben. Sie lachte schon wieder. »Es gefällt mir, daß Sie so ein fröhlicher Mensch geblieben sind«, sagte sie.

Ich widersprach ihr nicht.

Zuletzt kam einer der Wachleute. Er wischte sich über die Augen, klopfte mir auf die Schulter und sagte: »Wenn Sie mal keine Lust mehr haben, ein unbekannter Untergrunddichter zu sein, dann sollten Sie unbedingt ans Telefon gehen.«

Es klingelte immer noch.

Als wäre es nicht kompliziert genug, so prekäre Zustände wie Illusion und Wirklichkeit, Gestern und Heute, Ernst und Spaß auseinanderzuhalten! Natürlich handelte es sich bei der resolut in meinen Traumauftritt hineinklingelnden Anruferin um Frau Schneider, meine charmante Untergrunddichter-Betreuerin, die mich am späten Morgen aus dem Schlummer riß.

»Habe ich Sie geweckt?« fragte sie scheinheilig.

»Ich bin mir nicht sicher«, antwortete ich, »aber sprechen Sie! Was gibt's? Wo brennt der Schuh?« War ja klar, weshalb sie anrief, aber ich wollte einen Realitätsbeweis haben.

»Unser Symposium ›Dichter. Dramen. Diktatur‹. Der Termin rückt näher, und Sie wollten sich melden, wenn Sie Ihre Akte haben. Ist sie gekommen? Haben Sie sie gelesen?«

»Ist. Habe«, sagte ich. Nach Lektüre der Substantiv-Ungeheuer-Ketten-Prosa von Oberleutnant Schnatz hatte ich mir vorgenommen, möglichst nur noch in Verben zu sprechen.

Sie schwieg irritiert. »Und was machen Sie jetzt?«

Ich suchte nach einem passenden Verb.

»Herr W., sind Sie noch da?«

»Nachdenken. Träumen. Nicht mehr aufwachen – etwas in der Richtung.«

Frau Schneider biß sich auf die Unterlippe. Ich hörte das zwar nicht, konnte es auch nicht sehen, aber ich dachte es mir.

»Ist alles in Ordnung bei Ihnen?« fragte sie. »Ich rufe an, um mit Ihnen über Ihre Teilnahme zu sprechen. Sie kommen doch, oder!?«

Ich wußte es nicht. »Sehen Sie«, sagte ich, »ich war kein Staatsfeind. Ich wurde dazu erfunden. Die Stasi hat meine Gedichte auch nicht unterdrückt, im Gegenteil, sie hat sie kopiert und verteilt. Sie war eigentlich mein einziger Leser ...«

»... Sie wollen doch nicht allen Ernstes ...«, unterbrach mich Frau Schneider.

»... abgesehen von meiner Freundin natürlich«, unterbrach ich sie zurück, »für die sie bestimmt waren.«

Es folgte eine Gesprächsphase, die von einem durchaus sportiven Hin und Her charakterisiert war. Sie regte sich darüber auf, daß ich mich nicht aufregte. Die Stasi habe mich observiert, mein Privatleben ausspioniert, mich bestohlen, Maßnahmen eingeleitet, Leute auf mich angesetzt, mir Delikte untergeschoben, die ich gar nicht begangen hatte, mir Haft angedroht und meine Festnahme geplant. Wenn ich kein Opfer gewesen sein wolle, wer dann. Sicher, ich sei nicht an die Wand gestellt worden, das nicht. Aber das sei auch wirklich das Einzige, was auf der To-Do-Liste der Stasi gefehlt habe.

Geheimdienste, hielt ich dagegen, übertrieben ja immer, überall auf der Welt, deshalb täten sie's ja geheim. Die Stasi sei beim Übertreiben sicher übereifrig gewesen. Zwar stimme, was sie, Frau Schneider, sage, und es sei insgesamt auch sehr unerfreulich für mich gewesen, aber mitbekommen hätte ich nicht viel davon. Zur Verhaftung sei es nicht gekommen. Die Gedichte gäbe es ohne die Sammelwut der Stasi auch nicht mehr. Alles in allem sei sie eben kreativ vorgegangen und habe, vielleicht aus Mangel an anderen Angeboten, mich von einem harmlosen Spinner zum Staatsfeind befördert.

»Sie wissen's besser als ich«, sagte ich versöhnlich, »die ganze DDR-Opposition war nicht viel mehr als eine Erfindung der Stasi: Wolfgang Schnur, Ibrahim Böhme, Gregor Gysi, Lothar de Maizière, Manfred Stolpe, Heiner Müller, Sascha Anderson. Leute wie Gauck oder Merkel haben doch zur Wende nichts beigetragen, die waren doch völlig subaltern. Die hat nicht mal die Stasi erfinden können.«

»Ich kann nicht glauben, daß Sie so denken.« In Frau Schneiders Telefonstimme hielten sich Entsetzen und Resignation die Waage. »Und die vielen, die im Gefängnis saßen? Die angezeigt wurden, weil sie die SED kritisiert hatten? Die entlassen wurden von den Universitäten? Die Bücher, die nicht erscheinen durften? Die Dichter, die das Land verlassen mußten? Die vielen, die es nicht verlassen konnten? Die an der Mauer erschossen wurden? Ist das auch nur – wie haben Sie sich ausgedrückt – ›weniger erfreulich‹? Oder wie nennen Sie das? ›Es war nicht die Schokoladenseite der DDR?‹ So vielleicht?«

»Es lag mir auf der Zunge«, erwiderte ich. »Hören Sie, Sie haben ja recht – außer mit der Mauer. Die hat's nun wirklich nicht gegeben.«

Frau Schneider rang um Fassung. »Die Mauer … hat es … nicht gegeben«, wiederholte sie perplex.

»Ja, diese Mauer, die die Stadt komplett geteilt haben soll. Manche sagen, sie sei durch Häuser gegangen, quer über Straßen, über Brücken, durch Wohnviertel, sogar durch Menschen. Und wenn man sie bittet, mal zu sagen, wo ihre berühmte

Mauer denn gewesen sein soll, irgend etwas müßte ja irgendwo zu sehen sein – dann zeigen sie auf ein völlig intaktes Haus, auf eine belebte Straßenkreuzung vorm Fenster oder mitten auf den Potsdamer Platz und sagen, da, genau da sei sie gewesen, war sie eben noch. Jetzt ist sie weg. Einfach absurd!«

10

»OPK«, »Operative Personenkontrolle« - keine Ahnung, was das ist. In der DDR wurde ja gern und ausdauernd kontrolliert. Wenn Länder Neurosen haben könnten, hätte die DDR chronischen Kontrollzwang. Zum Krankheitsbild, wie man weiß, gehören sorgfältige Verheimlichungstendenzen, da Zwänge auf Mitmenschen oft absurd und lächerlich wirken können. Zwangsneurotiker wissen auch um die Sinnlosigkeit ihrer Kontrollrituale. Und doch müssen sie wie ferngesteuert immer weitermachen.

Die Papiere natürlich - »Ihren Personalausweis!«, »Die Ausweise bitte!«, »Was!?! Sie haben Ihre Personaldokumente nicht dabei??!?« -, sie waren das Lieblingskontrollding, klar. Bei der Armee ersetzt durch den »Wehrdienstausweis«, immer »am Mann« zu tragen inklusive einer Blechmarke mit der eingestanzten »PKZ«, der »Personenkennzahl«. Stets lief man mit dieser Blechmarke durch die Gegend, mitten im Frieden, als wäre jederzeit damit zu rechnen, daß neben einem Granaten einschlugen, Brandsätze explodierten und man sich augenblicks in einen herrenlosen Rest verkohlter Knochen verwandelte, der nur dank dieses hitzebeständigen Metallstücks und der darauf eingeprägten Kennzahl identifiziert werden konnte.

Es wurde kontrolliert, ob man bei den Pionieren war, in der FDJ, im DSF, FDGB und in der Partei und, wichtig, ob man den Ausweis der jeweiligen Organisation hatte, bei dem ebenfalls kontrolliert werden mußte, daß da die richtigen Marken an den vorgesehenen Stellen klebten.

»Vertrauen ist gut, Kontrolle ist besser«, war ein geflügeltes Wort, ein Lenin-Zitat.

In jedem Haus gab's einen Hausbuchführer, der kontrollierte, ob das Familienleben in Ordnung war, man regelmäßig arbeiten ging und vielleicht Westbesuch hatte. Noch in den siebziger Jahren wurde kontrolliert, welche Kleidung man trug, welche Frisur man hatte, mit welcher Tasche man einkaufen ging und in welche Richtung die Fernsehantenne auf dem Dach zeigte.

Arbeitskollektive, Brigaden, Parteigruppen kontrollierten, ob man an sogenannten »gesellschaftlichen Aktivitäten« teilnahm, ob die Ehe funktionierte und ob man an Feiertagen die richtige Fahne aus dem Fenster hängte und in die eigens dafür vorgesehene Fahnenhalterung steckte. Wenn nicht, hatte man »persönliche Probleme«, die ebenfalls einer Kontrolle bedurften. Kontrolliert wurde, wer an Versammlungen, Appellen und Demonstrationen teilnahm, welche Schilder hochgehalten wurden, wer sich zu Wort meldete, wer nicht und wer vor drei Jahren etwas völlig anderes gesagt hatte.

Die Leute im Alltag kontrollierten auf ihre Weise ebenfalls alles mögliche: in den Läden und Kaufhallen, was es zu kaufen gab, in der Zeitung, ob da etwas zwischen den Zeilen stand, bei den Werken von Marx-Engels-Lenin, ob da nicht Fußnoten waren, die ein ganz neues Licht auf den Sozialismus warfen, und im Bekanntenkreis, ob jemand mit Beziehungen existierte, der einen kennt, der weiß, wie man an Klempner herankommt.

Daß die Stasi auch noch herumkontrollierte, fiel eigentlich kaum ins Gewicht beziehungsweise störte nicht weiter.

Ich merkte jedenfalls nichts oder wollte nichts merken, hätte vielleicht auch nichts merken können, und wenn doch, dann wär's auch egal gewesen. Was hatte ich denn zu verbergen? Offenbar eine Menge.

Im Wörterbuch der Staatssicherheit ist zu lesen: »OPK, Operative Personenkontrolle – Operativer Prozeß zur Klärung operativ bedeutsamer Anhaltspunkte. Erarbeitung des Verdachts der Begehung von Verbrechen gemäß erstem oder zweitem Kapitel des Strafgesetzbuches oder einer Straftat der allgemeinen Kriminalität, die einen hohen Grad an Gesellschaftsgefährlichkeit hat und in enger Beziehung zu den Staatsverbrechen steht bzw. für deren Herausarbeitung das MfS zuständig ist.«

Staatsverbrechen also.

Operativ bedeutsame natürlich.

Auch wenn der Verdacht der Begehung gemäß der Zuständigkeit des hohen Grades an Gesellschaftsgefährlichkeit erst durch den Prozeß der Klärung der Erarbeitung herausoperiert werden mußte.

Mein Entzücken hält sich in Grenzen. Sicher, Staatsverbrecher wird man nicht alle Tage, aber zuviel sollte ich mir nicht einbilden. Falls ich nichts übersehe, müssen mit Staatsverbrechen meine mit siebzehn verfaßten Liebesbriefe gemeint gewesen sein sowie die paar harmlosen Gedichte, die niemand kannte.

Okay, es gab die »Gruppe 61«. Mit dem 13. August 1961, dem Tag des Mauerbaus in Berlin, wie die Stasi vermutete, hatte sie aber nichts zu tun. Auch nichts mit der »Charta 77«, der tschechoslowakischen Bürgerrechtsbewegung um Vaclav Havel, nichts mit der 68er-Bewegung in der westlichen Welt, nichts mit der Gruppe der Zwölf, mit der Jesus seinerzeit durch die Gegend zog.

Die »Gruppe 61« bildete sich Anfang der achtziger Jahre. Ihre Gründungsmitglieder waren das Meerschwein Hugo meiner Schwester, eine alte Standuhr und ich.

Dreißig Jahre danach kann ich zugeben, daß ich Hugo und die Standuhr ohne ihr Wissen in die Gruppendynamik hineingezogen habe. Sie sind unschuldig und inzwischen tot und kaputt.

Im Grunde war sie nur ein Wort, eine Metapher, ein poetischer Tarnname – denn »Gruppe 61« stand für nichts anderes als für das zu schnelle Vergehen der Zeit. Bei den wenigen Gelegenheiten, wo wir uns treffen konnten, Liane und ich, rasten die Stunden dahin. Wir schauten immer wieder verzweifelt auf die Uhr. Nach fünf Minuten waren schon wieder zwei Stunden vergangen. Um zwölf mußte sie über die Grenze, und wir sahen uns anderthalb Jahre nicht.

Da hatte ich das, was man eine rettende Idee nennt. Ich versprach Liane, daß ich eine Gruppe gründen würde, deren Ziel es sei, für die Verlängerung der Zeit zu kämpfen.

Sie war sehr einverstanden und fragte mich, wie das gehen solle.

»Ganz einfach«, sagte ich. »Wir verlängern die Minute um eine Sekunde. Das merkt niemand, aber mit der Zeit kommt einige Zeit zusammen.«

Sie küßte mich. Und dann rechneten wir nach.

»Eine Sekunde in der Minute macht eine Minute in der Stunde …, macht 24 Minuten am Tag …, 24 mal 30, das sind, Moment, 720 Minuten im Monat …, geteilt durch 60, macht zwölf.«

»Zwölf Stunden im Monat!« rief ich aus, »die wir geschenkt bekommen!« Ich konnte unser Glück kaum fassen. Wir schauten uns an und wußten, wir können die Zeit besiegen.

Das war sie, die Geburtsstunde der »Gruppe 61«.

Man sollte ihr ein Denkmal setzen. Vielleicht ist hinterm Adlon noch Platz.

Immer wenn ich in Briefen an Liane schrieb, erinnerte ich uns daran: »Die ›Gruppe 61‹ tagt hier wieder …«, »›Gruppe 61‹ bereitet neue Aktionen vor …« oder »ich denke die ganze Zeit an die ›Gruppe 61‹ und was für Möglichkeiten sie für uns eröffnet«. Und das bedeutete immer nur und immer wieder, daß ich mir wünschte, mehr Zeit mit ihr verbringen zu können.

Es ist vielleicht, um hier mal, wenn auch völlig unpassend, mit Nietzsche zu sprechen, fast menschlich, allzumenschlich, wenn die Stasi, Staatsverbrechen auf der Spur, am Gespenst, das in meinen Briefen umgeht, dem Gespenst »Gruppe 61«, schier verzagt. Sie kriegt diese »oppositionelle Gruppe« und ihre »Untergrundaktivitäten« einfach nicht zu fassen, auch nicht mit Hilfe einer »Soforteinsatzgruppe« und Unterstützung von »Sofortbeobachtungskräften«.

Einsatz- und Maßnahmepläne, Zielstellungen zur operativen Bearbeitung, weitere operative Maßnahmen werden beschlossen, alles wird getan und versucht, um der »Gruppe 61« irgendwie habhaft zu werden. Von 1983 bis zum Ende, 1989, sechs Jahre lang wird nach der Gruppe gefahndet. Vergebens. Aller Aktionismus, haarklein in den Aktennotizen dokumentiert, zielt ins Nichts und kann demzufolge auch nirgendwo anders landen als ebendort.

»Aufklärung des Umgangs- und Verbindungskreises des W., insbesondere des Charakters seiner Verbindungen zur einschlägig bekannten ›Gruppe 61‹.« – »Aufklärung und Verhinderung der Pläne und Absichten der ›Gruppe 61‹ in bezug auf das Verfassen und Verbreiten von Texten, die geeignet sind, die staatliche und gesellschaftliche Ordnung herabzuwürdigen.« – »Verunglimpfung Maßnahmen zum Schutz unserer Staatsgrenze durch ›Gruppe 61‹«. – »Umfassende Aufklärung der Persönlichkeit des W., vor allem hinsichtlich seiner politischen Grundhaltung, seiner persönlichen Ziele und seiner Zugehörigkeit zur ›Gruppe 61‹.«

Zahllose IM-Berichte sind den geheimen Aktivitäten der Gruppe gewidmet, immer wieder wird versucht, Unterlagen und Informationen zu beschaffen. Besucher in meiner Wohnung nutzen die kurzen Momente, wenn ich das Zimmer verlasse, um Papiere zu sichten und abzugreifen. Gehe ich mal aufs Klo, fertigen sie Abschriften an und stecken Zettel ein. Hole ich

Kaffee oder eine Flasche Wein aus der Küche, blättern sie scheinbar verzückt in Mappen, die auf dem Schreibtisch liegen.

IM »Spieler« berichtet: »Am 22.04.83 besuchte ich den W. in seiner Wohnung. Ich hatte den Auftrag, an Gedichte und an Informationen zur 61er Gruppe ranzukommen, das mir auch zum Teil gelang. Beim Stühleholen schrieb ich ein paar Blätter ab, ohne daß es bemerkt wurde. Auf meine Frage zur Gruppe 61, von der ich gehört hätte, erzählte mir W., daß sie für ihn zur Zeit das Wichtigste ist, das er macht. Ich fragte auch, wann er sich treffen wird, und er sagte, dies sei ein Problem, da man sich nicht jederzeit treffen kann.«

In seiner »operativen Wertung der Berichterstattung zur Feststellung (Umstände der Erarbeitung / wie in Besitz d. Info.), Vollständigkeit (8w), Überprüfbarkeit« notiert Oberleutnant Schnatz: »Berichterstattung des IM kann als objektiv eingeschätzt werden. Maßnahmen: weiterer Einsatz des IM. Auftrag und Verhaltenslinie: durch Besuche des W. Vertrauensverhältnis festigen, Hinweise auf Aktivitäten d. Gruppe 61 feststellen, offensiv Wunsch nach Teilnahme an Treffen bekunden.«

IM »Max« gibt zu Protokoll: »Ich traf W. im Café Mosaik und erkundigte mich nach seinen Plänen. Er erzählte, daß er zur Zeit verliebt ist und demnächst seine Freundin treffen wird, die ihn aus dem NSW besucht. Die Gruppe 61 wäre jetzt enorm wichtig für ihn. Auf meine Frage, wer alles in der Gruppe 61 ist und was er über die nächsten Vorhaben weiß, antwortete er ausweichend, daß sie eine Privatangelegenheit ist. Er sagte, es handelt sich um eine fundamentale Aktion, und wenn die Gruppe Erfolg hat, wird sich einiges ändern und alle würden es merken. Es sei ein Zeitproblem.«

Schnatz hakt auch diesen Bericht als »auftragsgemäß und objektiv« ab, ist aber genauso schlau wie zuvor und wie er immer sein wird. Die Gruppe fliegt bis zum Ende der DDR nicht auf. Meerschwein Hugo und Standuhr bleiben unbehelligt. Und ein weiteres Gedicht, das sich als unentschlüsselbar erwiesen hat, wandert in den Aktenbestand.

ZEITGEDICHT

Laß uns es tun. Bereichern wir die Zeit mit Zeit.
Bedenken wir, daß wir uns länger brauchen.
Wir müssen es riskieren. Wie? Zu zweit.
Beginnen wir mit Küssen und mit Rauchen.

Der Rest wird sich dann leicht von selbst ergeben.
Du weißt, nicht lange haben wir noch Kleider an.
Ich schlage vor, daß wir uns aufeinanderlegen.
Weil man die Zeit am besten so verbringen kann.

Was dann passiert? Wir schauen auf die Uhr.
Was? Sie geht nach? Eine Sekunde nur.

Eine Weile waren ein paar Freunde und ich wirklich auf der Suche nach Uhren, die eine Sekunde in der Minute nachgingen. Es war schwierig, weil genau zu der Zeit Quarzuhren aufkamen, die uns mit völlig neuer Exaktheit zu schaffen machten. Halb im Scherz, halb im Suff diskutierten wir auf Partys, was die Sekunden-Idee bringen würde.

Mein Standpunkt war, daß jede neue revolutionäre Bewegung als erstes den Kalender zu ihren Gunsten verändert habe, die römische, die französische, auch die russische. Ganze Monate wurden erfunden und umgruppiert, neu benannt, völlig neue Zeitrechnungen konstruiert. Uhren waren Ziel von Anschlägen. Daß es mit der DDR nichts sei, sehe man auch daran, daß sie keine revolutionäre Haltung zur Zeit habe.

Dann überlegten wir weiter, was die Sekundenverlängerung alles ermöglichen könnte. Fahrten und Transportwege würden sich mit einem Schlag verkürzen, klar. Das Studium wäre schneller erledigt, logisch. Nächte verlängerten sich, riesig, man müßte später aufstehen. Der Arbeitstag würde sich dann allerdings auch etwas longitudinaler, wie ein Medizinstudent in der Runde sich ausdrückte, hinziehen. Immerhin hätte man dafür einen halben Tag im Monat frei.

Quasi dialektisches Ergebnis der Debatten: Das Leben dauerte länger, bei gleichzeitiger Verkürzung.

Wir waren uneingeschränkt dafür.

Es schien die Lösung all unserer Probleme zu sein.

II

»Aufklärung und Verhinderung« – »Umfassende Aufklärung« – »Erkennen und Beseitigen« – »Erarbeitung von Hinweisen« – »Vertiefung der scheinbar vertraulichen Beziehungen« – »Feststellen der Rolle« – »Koordinierung zur Gewährleistung« – »Aufrechterhaltung der Maßnahmen« – »Überprüfung der Einspeicherung der Handschrift« – »Gewährleistung von offensiver erzieherischer Einflußnahme« – »Sonderrecherchen bei operativer Notwendigkeit« – »Einschätzung des Materials«.

Die Leute bei der Stasi geben alles, ohne daß ich etwas davon mitbekomme oder ahne: der diskrete Charme des Apparats. Etliches Personal ist jahrelang beschäftigt. Alle Ressourcen werden ausgeschöpft, Abteilungen verzahnt und höchste Ebenen eingeschaltet. Sehr viele Steigerungsmöglichkeiten sehe ich nicht. Die Partie hat, was die DDR immer gern gehabt hätte, Weltniveau.

In der Rolle des richtig dicken Fischs: ich. Bereite ich den Atomkrieg vor? Lobpreise ich den Holocaust? Plane ich einen Anschlag auf die Volkskammer? Bin ich Topspion auf Breschnews Beifahrersitz? Habe ich das »Kapital« von Karl Marx in einer Pfanne gebraten, um mich an dem außen knusprig gebrutzelten, innen blutigen Buchrücken zu vergehen, das Werk mit dem Filetmesser zu tranchieren und Seite für Seite zu verspeisen?

Ich bin achtzehn, neunzehn und schreibe ein Gedicht für den »Talentwettbewerb des politischen Liedes«, Mitte der Achtziger in einer Berliner Berufsschule:

Lied des Hundediebs

Heimlich um die Ecke
Bring ich dich, und zwar.
Wie, zu welchem Zwecke
Ist mir selbst nicht klar.

Daß Oberleutnant Schnatz damit nichts anfangen kann, leuchtet ein, aber daß sein Ehrgeiz den Vierzeiler zum Anlaß nimmt, völlig durchzudrehen, ist weniger transparent.

Auf dem »Talentwettbewerb« wurde bevorzugt zur Gitarre gesungen. Die Lieder handelten in der Regel von »sprachlosen Arbeitern und Bauern« und »im Winde irrenden Fahnen«. Mein Problem war: Weder konnte ich Gitarre spielen, noch wollte ich mit dieser Textsorte auftreten. So kam, was nicht unbedingt kommen mußte.

Ich hatte gerade Jaroslav Hašeks Roman »Schwejk« gelesen, an dessen Anfang, wenn ich richtig liege, ein Hundefänger einiges Gewese macht. Der Typ war mir ein Rätsel. Wer kommt schon auf den Gedanken, Frauchen den Hund zu stehlen, um ihn anderweitig zu verkaufen? Ist das eine Geschäftsidee? Also schrieb ich den Vierzeiler, ein Freund vertonte ihn sogar irgendwie, und wir traten damit auf.

Nun gab es in der DDR keine Hundediebe und keine hinter vorgehaltener Hand auf Hochtouren laufende Hundedieb-Debatte. Das Wort Hundedieb stand nicht für einen Mangel an Klopapier, nicht für den Südfrucht-Engpaß und auch nicht für ein Dilemma bei der Versorgung der Bevölkerung mit Türklinken. Es war keine Anspielung auf mißliebige Politiker. Es bedeutete einfach nichts. Niemand konnte damit etwas anfangen. Die Wettbewerbs-Reaktionen auf unseren Beitrag zeugten dementsprechend von großer und umfassender Verwunderung.

Nach dem Vortrag entsponn sich die Diskussion. Der Leiter des Talente-Treffens, ein Filou mit grauem Karl-Marx-Bart, sagte, schön und gut, es sei sicher richtig, Finger in Wunden zu legen, und mutig, Dinge direkt zu benennen, und verdienstvoll, das mit einem Augenzwinkern in Anführungszeichen zu machen - aber Parteifunktionäre als Hundediebe zu bezeichnen, das ginge zu weit.

Wilder Aufruhr im Publikum, das zum großen Teil aus langmähnigen Grüblern und wilden Punks bestand, die Partei für und wider die Partei ergriffen. Es ging um den Hund als Metapher, das auf-den-Hund-Gekommensein der Metapher, um das grundsätzliche Verständnis des Hundes als Freund im Klassenkampf und um die Rolle der Bedeutung von Hunden in der kommunistischen Weltbewegung.

Leider weiß ich nicht mehr, was genau gesagt wurde. Der Hundedieb-Disput ist in den unergründlichen Tiefen des für immer Verflossenen versunken. Es gab, wie ich noch halbwegs weiß, zwei grundsätzliche, grundsätzlich verfeindete Lesarten.

Die eine »betonte« - wie man damals gern sagte, man redete nicht einfach, sondern es wurde »betont« -, die eine also meinte, die Hundediebe stünden symbolisch für die Klasse der Kleinkriminellen, der Plebejer, für deren Lage Kommunisten stets Sympathie und Solidarität empfunden hätten. Der Diebstahl von Eigentum sei für Kommunisten ein ganz normaler Geschäftsvorgang. Die Enteignung der Eigentümer, die Expropriation der Expropriateure im kleinen sei angewandter Marxismus, wenn auch falsch angewandter Marxismus. Im Sozialismus gebe es diese »Hundediebe« nach wie vor, jedoch ohne jede gesellschaftliche Notwendigkeit. Das heiße, Reste kleinbürgerlicher Kleinkriminalität bestünden auch in der DDR weiter, und es sei wichtig, sich mit dieser im Lied angesprochenen Lage auseinanderzusetzen.

Die andere Lesart hielt dagegen, daß ein Hundedieb, der

einen Hund um die Ecke bringe, also töte, sich selbst ad absurdum führe und seiner eigenen Lebensgrundlage beraube. So auch gewisse Funktionäre, die die Idee des Sozialismus aus ihren ursprünglichen Zusammenhängen entwendet und anschließend ins Gegenteil verkehrt hätten. Der Hundedieb stehe keineswegs für die Expropriation der Expropriateure, sondern viel eher und wenn überhaupt für die Pervertierung der Perversion.

Zwei Wörter, weiß ich noch, wurden später zum geflügelten Wort, nämlich die überflüssigerweise nachgestellte Wendung: »Und zwar.« Eine Zeitlang waren sie der Schlußakkord jedes Dialoges.

»Schlage vor, wir gehen ins Theater.« – »Und zwar!«

»Findest du nicht, daß Honecker, wenn er redet, wie Heidegger klingt?« – »Und zwar!«

Oder auch: »Heute sollten wir uns betrinken. Und zwar!«

Auch die Staatssicherheit hatte Leute vor Ort, und die hatten natürlich ihre eigene Sicht auf die Dinge, die jetzt die Akte schmückt: »Der Vortrag des W. wurde allgemein als Provokation bewertet. Als Helden seines Machwerks fungierten ideologisch ungefestigte Hundediebe, welche die Ideale der sozialistischen Gesellschaft verhöhnen. Während der anschließenden Aussprache wirkte der W. arrogant, Rückfragen zog er ins Lächerliche. So behauptete er, daß es sich bei dem Lied um einen Spaß handele, der ohne jede berechnende Wirkung geschrieben worden sei. Die Teilnehmer im Saal – unter ihnen Angehörige der einschlägig bekannten ›Gruppe 61‹ – wußten, wer mit den ›Hundedieben‹ gemeint war, und belustigten sich darüber, wie die führenden Funktionäre von Partei- und Staatsführung verleumdet und diffamiert wurden. Alles in allem diente sein Auftritt der öffentlichen Herabwürdigung der staatlichen Ordnung und war an der Grenze zur strafrechtlichen Relevanz.«

Oberleutnant Schnatz vermittelt zwischen den unvermeidlichen Haupt- und Unterabteilungen die Lage. »Einleitungsberichte« und »Maßnahmepläne« für eine »Operation K« werden erstellt, »Zielstellungen« formuliert, die der Lyrikparanoia einen neuen kräftigen Schub geben. Großartig wie immer die Genitiv- und Dativ-Kaskaden, ein Stau stur hintereinander geparkter Wörter, die nicht vorwärts und nicht rückwärts können. Sätze wie Plattenbauten, Substantive, aufgereiht wie beim Appell, ein Spalier von Begriffen, die einzig dazu zu dienen scheinen, die eigenen Absichten sogar vor sich selbst geheimzuhalten: »Koordinierung der Unterabteilungen der Hauptabteilung zur Gewährleistung des gegenseitigen Informationsaustausches und Aufrechterhaltung der Maßnahmen zwecks Prüfung der Möglichkeit einer konspirativen Wohnungsdurchsuchung zur Erarbeitung von Beweisen in der Bearbeitungsrichtung bei operativer Notwendigkeit.« Hut ab.

Sie hätten auch schreiben können: »Laßt uns in seine Bude einbrechen, ihm ein Ding unterschieben und ihn dann mal kräftig in die Mangel nehmen« – aber das klingt natürlich weit weniger amtlich.

Sehr schwer dürfte es nicht gewesen sein, sich Zugang zu meiner Wohnung zu verschaffen, denn die Tür ließ sich mit der Schulter ganz leicht aufschieben. Dort nahmen sie ein paar Zettel mit, die herumlagen, um mir später vorzuwerfen, ich würde sie in der Öffentlichkeit verbreiten. Nicht gerade ein Trick aus der ersten Reihe der modernsten Geheimdiensttechniken. Die Verzweiflung vulgo »operative Notwendigkeit« muß groß gewesen sein.

Am Ende der generalstabsmäßig durchgeführten Geheimoperation ist die Stasi im Besitz der »Möglichen Exekution des Konjunktivs«, die sie komplett und ebenso fleißig wie sinnlos kopiert, inklusive aller Korrekturen, Fehler und handschriftlichen Zusätze wie »Kaffee kaufen«, »10,60 Mark plus 3,80 Mark plus 65 Pfennig minus 350 Mark« oder »Janas Nr.: 343243«.

Die Zettelsammlung ist eine kleine, mit reichlich Wein und Schabernack entstandene Sammlung von Gelegenheitsversen, die niemand kannte, niemand kennen sollte und niemand je würde kennengelernt haben – wenn's nach mir gegangen wäre. »Mögliche Exekution des Konjunktivs« hieß sie, weil ich mich der rein sportlichen Herausforderung gestellt hatte, in jedem Gedicht mindestens einen Konjunktiv unterzubringen. Warum ich das wollte, entzieht sich heute meinem Erinnerungsvermögen. Im Deutschen ist der Konjunktiv ja in vielen Fällen identisch mit der Vergangenheitsform. Nicht ausgeschlossen, daß ich das damals sehr anspielungsreich fand.

Die von der Staatssicherheit in die Wege geleitete und von der Bundesbeauftragten gesponsorte Wiederbegegnung mit dem früheren Ich ist eine ambivalente Partie. Einerseits freut man sich über die verloren geglaubten Erinnerungsstücke. Andrerseits würde man gern, noch bevor man die Seiten der Akte dreimal umgeblättert hat, leugnen, der Mensch, der man war, jemals gewesen zu sein.

Es gab ein Motto, aber das hieß natürlich nicht Motto, sondern:

MÖGLICHES MOTTO

Ein Lied in allen Dingen schlief?
Kann sein. Doch nur im Konjunktiv.

Es gab Randformeln zum Weltgeschehen, deren süße Hellsichtigkeit heute so blendet, daß ich sie nur mit Sonnenbrille lesen kann:

Wie es aussieht

Ein Problem ist kein Problem.
Nichts ist, was niemand wüßte.
Was sagt die Zeit? Sie steht.

Real ist nichts von dem,
Was real sein müßte.
Das ist die Realität.

Und es gab goldene Kalenderblatt-Weisheiten aus dem Schatzkästlein poetischer Augenblicksmirakel:

Uhrenvergleich

Es ist ein magischer Moment:
Die Uhr, auf die ich schaue, rennt,
Während die andre nebenan,
Weil sie nicht mehr gehen kann,

Steht. Kaputt ist und seither
Auf halb drei weist so wie der
Zeiger jener Uhr, die fleißig
Tickt und zeigt: 14 Uhr 30.

Sei's wie's sei und wie man's sieht:
Die Zeit vergeht. Und nichts geschieht.

Oberleutnant Schnatz, meinem persönlichen Lyrik-Inquisitor, behagt das ganze Konjunktivprojekt nicht, es ist ihm nicht geheuer. Er sieht, nicht zu Unrecht, überall Anspielungen am Werk. Gott sei's geklagt. Es wäre in der DDR sehr schwierig gewesen, Anspielungen zu vermeiden. Als Präteritum-Fan hätte man mir Anspielungen auf das Zurückliegende, Rückwärtsgewandte, aufs Kaiserreich unterstellen können. Bei Futur wäre ich für einen Utopisten und Linksradikalen gehalten worden. Und wenn ich Imperativ-Gedichte verfaßt hätte? Tja, dann wäre das heimliche Anklage und Parodie auf den rauhen Kasernenhofton gewesen, der überall in der DDR zu vernehmen war.

»Der Konjunktiv«, schreibt Schnatz in einer Notiz, »nimmt einer Aussage das Entscheidende, die Wahrheit. Alles ist ›möglich‹, nichts notwendig, nichts muß sein. Mit dieser erklärtermaßenen Grundhaltg. steht W. im offenen Widerspruch zur wissenschaftl. Weltanschauung. Was im Konjkt. steht, muß nicht stimmen, bleibt offen. Angriff auf Grundlg. der Gesellsch. Vgl. ›real ist nicht die Realität‹. W. betrachtet den real existierenden Soz. in der DDR objekt. als ›nicht real‹.«

Staat in Gefahr. Zwar sehe ich mich weder als Dissident noch als Dichter. Aber es ist wahr, ich bin jung, verliebt und brauche die Lyrik. Und nicht nur ich. Auch der Weltchef meldet immer wieder Bedarf an. Für seine Freundin in Westberlin hätte er gern Gedichte, nicht das Übliche, erzählt er mir im »Café Nord«, einer Ostberliner Nachtbar, wo wir uns begegnen. Aus der »Möglichen Exekution des Konjunktivs« habe ich einiges für ihn parat, das er nur an Oberleutnant Schnatz weiterleiten muß.

Plan und Gegenplan

Die Welt ist groß. Das Land ist klein.
Der Mensch ist fett. Die Luft ist dünn.
Die Straßen führen nirgends hin
Als nur zu dir. So soll es sein.

Das Land ist klein. Die Welt ist groß.
Die Luft ist dünn. Der Mensch ist fett.
Und auf den Straßen ist nichts los.
Ich will zu dir. Und zwar ins Bett.

Was wir da tun? Ich würde gern
Dir Näheres vor Ort erklärn.

Dagegen, sollte man meinen, konnte, bei aller Antipathie, Schnatz, der Oberleutnant, nichts haben, auch wenn er sich noch so versteifte. Hatte er aber doch.

»Plan und Gegenplan, Verächtlichmachung des soz. Planungswesens ... Ironische und ablehnende Haltung zu Brigadeinitiativen in Betrieben ... Operativ bedeutsam: Straßen, die angeblich nirgendwohin führen, große Welt und Land, das zu klein ist. Anspielung und Zusammenhang auf mehrfach geäußerte Fluchtabsichten des W. Überprüfung Kontakte mittels Postmaßnahme M zur Sicherstellung d. Verbindungen ins NSW. Erkenntnisse zu Verbindungspartnern des W. sammeln ... Weitere Maßnahmen: Aufklärung genaue Adresse ›vor Ort‹. Auftrag und Verhaltensrichtlinie für ›Spieler‹: durch persönliche Gespräche mit W. Interesse an weiteren Gedichten zeigen mit Bitte, sie zum Abschreiben zu bekommen.«

Als äußerst leichtsinnig und kontraproduktiv erweist sich jetzt eine Redensart von mir, die, mir kaum mehr erinnerlich, der running gag der Akte ist: Ich wolle, sage ich gelegentlich, sowieso nicht zu Ende studieren, als Philosoph müsse man das nicht, höchstens drei Semester, dann am Strand in Portugal sitzen und aufs Meer schauen. Ich stelle das Freunden gegenüber öfter in den Raum, nicht weil ich's vorhabe, sondern weil's cool klingt. Mein Vorbild ist Pippip, der Held aus B. Travens Roman »Das Totenschiff«, der ähnliche Pläne hat.

Nie hätte ich geahnt, daß diese Spinnerei als konkretes Republikflucht-Vorhaben ins »NSW« (nichtsozialistisches Wirtschaftsgebiet) aktenpolitisch »aufgeklärt« wird. Seitenlange Berichte. »W. äußerte, daß er davon träumt, nach 3 Semestern des beabsichtigten Philosophiestudiums an der Humboldt-Universität, dieses Studium abzubrechen und ins NSW zu gelangen, um dort seinem Hobby nachzugehen.« – »Darüber hinaus liegen Informationen vor, wonach W. beabsichtigt ...« – »W. plant ...« – »W. erzählt oft in lustig wirkenden und zukunftsorientierten Gesprächen, daß er später, aber bis zu seinem 27. Lebensjahr, in Portugal am Strand sitzen will und nur lesen, Sonne usw.« – »Er sagte wieder, daß er nur 1 1/2 Jahre durchziehen will und dann nach Portugal ›übersiedeln‹ (Strandkorb, Tekiela [sic!], Bach, mehr nicht).«

Ich war bis heute nicht da.

Allein aufgrund dieser Flausen und sonnigen Tragträumereien, die ich naiv genug bin auszuplaudern, wird getagt, erarbeitet und beschlossen, einen »operativen Maßnahmeplan zur vorbeugenden Verhinderung« eines Grenzübertritts einzuleiten. »Anhaltspunkte«, »Verdachtsmomente«, »politisch operative Bedeutsamkeiten« werden wieder »im Sinne der Bearbeitungsrichtung« konstruiert inklusive der inzwischen unvermeidlichen »Schaffung von Beweisen«. Unter einem Vorwand soll IM »Spieler« mich in Grenznähe locken – die Rede ist vom »Auftrag zur Schaffung eines Vorwandes zwecks Realisierung des Zugriffs« –, wo dann die Verhaftung erfolgen soll. Die Indianerspiele der Stasi, wenn sie einen nicht selbst betreffen, was hier leider der Fall ist, sind immer wieder erfrischend. In Berlin könnte sie mich ganz ohne Geheimoperation und Versteckspiel überall verhaften, denn hier bin ich ja immer irgendwo in Grenznähe. Aber das würde natürlich nur halb soviel Spaß machen.

Es war der Sommer 1989. Und es gab ja sonst nichts zu tun.

Hatte der Weltchef beim Würfeln gewonnen, und das war in der Regel der Fall, lud er mich ein, und wir brausten in eine Nachtbar, wo gefeiert wurde. Feiern, das hieß damals hauptsächlich Rumstehen, es wurde geraucht und getrunken, man traf Leute, die auch rumstanden und mit denen weiter rumgestanden wurde, bis unerwartet lange nicht gesehene Bekannte auftauchten, die zu einer neuen Runde Rumstehen einluden. Gesessen wurde meines Wissens nie, die wenigen Sitzplätze, die's gab, waren möglicherweise wie die öffentlichen Toiletten verpachtet auf Lebenszeit.

Hatte er verloren, fuhren wir weg. Weit weg. Irgendwohin. Ohne Ziel. WC legte eine Kassette ein, irgendeine, die gerade zur Hand war, Hauptsache »Richtiges«, sagte er, und damit meinte er Klassik. Dramatische Klassik, Beethoven-Sinfonien, italienische Oper, manchmal auch Wagner. Er setzte sich theatralisch zurecht, zog weiße Handschuhe an, die bei ihm im Handschuhfach lagen, drehte auf und fuhr los, mit mir in seinem weißen Lada, den imaginären Anweisungen der Musik folgend. Rechts abbiegen oder links, blinken ja oder nein, lenken oder freihändig durch die Gegend rasen, schneller fahren oder stoppen – das alles lag jetzt nicht mehr in seiner Macht, sondern in der der Musik. Der Weg war das Ziel, und die Richtung war ausschließlich musikalisch diktiert.

Nach wenigen Minuten vergaßen wir, daß wir im Auto saßen. Wir befanden uns in einem Film. Fußgänger, Landschaft, Straßenlaternen, Ampeln tanzten draußen vor dem Fenster. Passanten, die unsern Weg kreuzten, folgten dem Takt des Autoradios. Eine alte Frau, ganz in Schwarz, wie in Zeitlupe am Strassenrand in Wernigerode. Ein Hund, hin und her rennend auf der Autobahnbrücke irgendwo bei Helmstedt. Die Feuerwehr, einen Brand im Dachstuhl löschend in einem Dorf hinter Salzwedel. Ein Ball, der in der Nähe von Probstzella über die Fahrbahn sprang.

Die Welt, ganz klar, war ein Musikvideo.

WC nannte es, zutreffender, »musikalisches Roulette«.

Stoppschilder zum Beispiel konnten nur dann berücksichtigt werden, wenn die Musik es zuließ. Ampeln waren wichtige Bildelemente, die oft entzückend im Takt lagen, aber genauso oft ignoriert werden mußten. Die Geschwindigkeit orientierte sich ausschließlich am Tempo des Orchesters und nie an den Schildern am Straßenrand. Zum Glück war der Verkehr in der DDR eher dünn, das hat uns das Leben gerettet. Ein überraschender Einsatz in Verdis »Rigoletto« erforderte den sofortigen Rechtsschwenk in eine Einbahnstraße, auch in die Gegenrichtung, wenn's sein mußte. Bei Bachs Trompetensoli durfte nicht gebremst werden. Kamen in einem Stück die Streicher zum Zuge, schaltete der Weltchef die Scheinwerfer aus und meldete, als wäre es eine offizielle Ansage: »Mond übernimmt.«

Ich erinnere mich noch gut, als wir bei Meiningen querfeldein über eine Lichtung fuhren. Hell strahlte der Kegelscheinwerfer des Mondes auf die Landschaft, durch die ein weißer Lada ohne Licht schlingerte. Eine Pantomime für Außerirdische mit zwei weißen Handschuhen am Lenkrad. Rhythmisch passend dazu blinkte am Horizont das Blaulicht der Polizeistreife, die die Gegend nach uns absuchte. Aus dem Radio dröhnte Wagners »Fliegender Holländer«. Die 70.000 Mark, die WC vor ein paar Stunden mit einem Spielzeugwürfel verloren hatte, zählten nicht mehr viel.

Bei Eisenbahnschranken wurde ich religiös.

Einmal setzte die Musik genau in dem Moment aus, als wir einen Bahnübergang passierten. Der Weltchef hielt, schaute nach rechts und schaute nach links und sagte: »Gefährliche Stelle hier.«

Dann warteten wir.

12

Hinterher ist man immer dümmer, aber was heute wirklich niemand mehr weiß und nicht wissen kann: Das geheime Zentrum der DDR-Opposition in den letzten Tagen vor dem Fall der Mauer war nicht die Kirche, kein Dichterkreis, auch keine Friedensinitiative mit angeschlossenen Westkontakten, sondern das Friseurmuseum in Ostberlin.

Auch ich wußte nichts darüber, bis ich auf den letzten Seiten meiner Akte auf eine kryptische Notiz von Oberleutnant Schnatz stieß: »Demo absurd! Protest paradox. Absicht d. Verschleierung. Umfang u. Ausrichtung der Provokationen aufklären u. sicherstellen. Ausgangspunkt ist das Friseurmuseum, das geheime Zentrum d. neg. Aktivitäten in der Hauptstadt. W. ist jeden Tag hier, um sich mit (Name geschwärzt) zu treffen. Zirkulation gegn. Blätter sowie Kontaktaufn. mit anderen feindl. Gruppierungen u. Austausch div. feindl. Schriften u. Losungen, die geeignet sind, die Grundlagen des soz. Zusammenlebens in Frage zu stellen. Durch IMS erfolgt operativ bedeutsame Sicherstellung der Aufklärung von Anhaltspunkten, u.a. Planung und Aktivitäten zu Demonstration auf Alexanderplatz.«

Ich schwanke ja immer, ob die sogenannte Realität nicht besser als jedwede Erfindung ist oder ob die Erfindung die Realität am Ende nicht doch toppt. Vielleicht muß das ideologiefrei von Fall zu Fall entschieden werden.

Das Friseurmuseum existierte tatsächlich. Es befand sich in der Husemannstraße im Prenzlauer Berg. Die Straße war Ende der achtziger Jahre ein Vorzeige-Objekt, was die Rekonstruktion von Gründerzeithäusern betraf. Durch diese gerade mal hundert Meter eierte ein Touristenbus nach dem andern, aus den Fenstern gafften sensationslüsterne Pauschal-Rheinländer. Wir ließen uns manchmal, wenn solche Busse vorbeikamen, wie frisch erschossen aufs Pflaster fallen oder taten so, als würden wir uns in Ketten gelegt durch die Straße schleppen. Den bizarren Mienen im Bus nach zu urteilen, muß es echt ausgesehen haben.

Die Hauptattraktion des Friseurmuseums war ein angeblich echtes Haar von Katte, dem hingerichteten Jugendfreund Friedrichs II. Das angeblich echte Haar wurde natürlich nicht gezeigt, weil es zu kostbar war. Statt dessen dämmerten im Halbdunkel des Ausstellungsraums jede Menge hochbetagte Barbiergerätschaften vor sich hin. Es gab erblindete Spiegel in allen Schattierungen, furchterregende Zangen und Korkenzieher, offenbar für einen Einsatz tief im Körperinneren bestimmt. An der Wand hingen Uralt-Perücken, die vorzeitlichen Mottendynastien als Alterssitz dienten, neben einer beachtlichen Sammlung kurioser Bartattrappen.

Dieses Museum war eines der unbesuchtesten der Welt. Mein Freund Karl-Werner und ich hingen oft da herum, ohne daß wir je andere Leute sahen. Der Leiter hieß Jürgen, von uns »UFO-Jürgen« genannt, weil niemand wußte, woher er eigentlich kam. Später, viel später hieß es, er sei von der Stasi gekommen, aber das interessierte keinen mehr.

Karl-Werner war im Gegensatz zu mir ein echter Dichter, ein unbekannter Untergrunddichter. Er hatte Shakespeares Sonette übersetzt, und natürlich so, daß sie in der DDR nicht erscheinen durften. Im Prenzlauer Berg war er ein ebenso bekanntes wie gefürchtetes Faktotum, weil er jedem Geld schuldete. Nach der Wende bastelte er in Kneipen Stegreif-Akrostichen mit den Vornamen der Gäste zusammen und bekam dafür ein Bier oder ein paar Mark. Vor zwei Jahren fand man ihn tot. Er starb unbehelligt unter einer Sitzbank auf dem S-Bahnhof Karlshorst.

In meiner Akte findet sich ein von Karl-Werner übersetztes Shakespeare-Sonett, das berühmte 66., schon Hunderte Male ins Deutsche übertragen, doch nie so gut wie von ihm. Vermutlich hatte die Stasi es auf ihrem Geheim-Fischzug in meiner Wohnung mitgehen lassen, in der Annahme, es sei von mir. Kein Wunder, es hatte ja einen Konjunktiv.

Sonett Nr. 66

Ich hab es satt. Wär ich ein toter Mann.
Wenn Würde schon zur Bettelei geborn
Und Nichtigkeit sich ausstaffieren kann
Und jegliches Vertrauen ist verlorn
Und Rang und Name Fähigkeit entbehrt
Und Fraun vergebens sich der Männer wehrn
Und wenn der Könner Gnadenbrot verzehrt
Und Duldende nicht aufbegehren
Und Kunst gegängelt von der Obrigkeit
Und Akademiker erklärn den Sinn
Und simples Zeug tritt man gelehrsam breit
Und gut und böse biegt sich jeder hin.
Ich hab es satt. Ich möchte weg sein, bloß:
Noch liebe ich. Und das läßt mich nicht los.

Shakespeare, wenn er in der DDR gelebt hätte, hätte sich auf einige dringliche Nachfragen aus der Magdalenenstraße gefaßt machen können, wo Oberleutnant Schnatz seinen unnachahmlichen und unnachgiebigen Textüberwachungsdienst schob. Der, nicht ahnend und vielleicht nicht wissen könnend, daß er hier dem guten alten William, der seit mehr als 350 Jahren unter der Erde war, den Prozeß machte, zog angesichts des Sonetts alle Register und Vokabeln für besonders schwere Fälle: »Defätistische Tendenzen … Verhöhnung der Errungenschaften des

Soz. …, unter Verwendung stereotyp. Parolen des Klassenfeinds …, Herabwürdigung und Verächtlichmachung führender Persönlichkeiten (›Obrigkeit‹), Diffamierung des soz. Rechtssystems …« Besonders gut gefällt mir die Formulierung: »Sämtliche feindl. Negativtendenzen eindeutig auf den Punkt gebracht.« Nicht gut gefällt mir, daß anhand der Zeile »Ich möchte weg sein, bloß« schon wieder die »wiederholt konkret geäußerte Absicht eines Republikfluchttatbestands« in Stellung gebracht wird. Shakespeare auf dem Weg nach Portugal, an der Grenze bei Helmstedt am Ärmel festgehalten von Oberleutnant Schnatz, das fehlte noch.

Warum wir ausgerechnet im Friseurmuseum herumsaßen? Fakt ist, es lag genau zwischen drei Kneipen: der »Budike«, dem »1900« und dem »Café Husemann«. So war es eine Art natürlicher Rastplatz, um auf dem 30 Meter langen »Gewaltmarsch« dazwischen ein, wie Karl-Werner vorschlug, »Zwischenbier« zu trinken, das UFO-Jürgen stets im Kühlschrank hatte.

Mal ging's nur zu einem »Gelegenheitsbier«, mal war ein schnelles »Frischbier« vonnöten, ein »kurzes Spätbier« stand an, dann mußte unbedingt ein »Begegnungsbier« genommen werden, ein »Überbrückungsbier«, ein »Problembier«, ein »Nachbereitungsbier«, ein »Bierbegrüßungsbier« – Karl-Werner hatte für jedes Bier einen eminent relevanten Anlaß und eine treffende Würdigung der speziellen persönlichen Bier-Choreographie parat.

Das Bier im Friseurmuseum nannte er »Kaltbier«.

Karl-Werners Motto lautete: »Erst einsprühen, dann abruhen!« Was damit gemeint war, ließe sich am besten mit alles und nichts umschreiben. Möglich, daß es so etwas wie eine ursprüngliche Heimat des Spruches gab, irgendwo im Umfeld einer von Imprägnier- oder Antimückensprays geprägten Epoche. Von da aus diffundierten diese Worte aber, zumindest in Karl-

Werners Sichtweise, in alle denkbaren und vor allem undenkbaren Welten und Kontexte.

Karl-Werner sprühte viel und ruhte erstaunlich wenig. Es konnte passieren, daß er bereits morgens um sechs an die Tür klopfte, um meine Bereitschaft zu einem »Frühbier« auszuloten. Ich mußte blitzschnell entscheiden, ob ich zu einer Vorlesung in »Dia-Mat«, in dialektischem Materialismus, gehen sollte oder zu »Lehmann« in der Greifswalder, wo die Bauarbeiter frühstückten. Ich entschied mich in der Regel fürs Bett, aus dem mich Karl-Werner ein paar Stunden später mit der nun unabweisbaren Forderung nach einem jetzt fälligen »Tagesnormalbier« herausbeorderte.

Während wir tranken, drehten sich unsere Gespräche in Endlosschleifen darum, daß man endlich etwas machen, etwas unternehmen, etwas tun müsse, nur was genau, blieb je nach Bierpensum amorph-diffus beziehungsweise strahlend-unrealisierbar.

Wir ergingen uns in phantastischen Projekten. Karl-Werner erzählte von geplanten Theaterstücken, Hörspielen und Geheimtreffen mit Heiner Müller, die es nie gegeben hatte und nie geben würde. Im Grunde hatte er alles erreicht, unter anderem einen »Jagdschein«, auf den er durchaus stolz war. Damit konnte er nicht nur in den Westen reisen, sondern auch Dinge tun und Dinge sagen, für die ihn niemand belangte.

Fünfzehn Jahre älter als ich, von schmächtiger Statur, sächselte er in einem leichtem Singsang, denn er kam aus Delitzsch bei Leipzig, und er erzählte mit der diabolischsten Aufrichtigkeit unglaubliche Geschichten. Er hatte sich mit achtzehn Jahren freiwillig zu den Grenztruppen gemeldet, wo er nach ein paar Tagen, statt in Uniform mit Pyjama, Stahlhelm und Besenstiel angetan, im Stechschritt durch die Kaserne exerziert war. Man musterte ihn wieder aus und überstellte ihn in die Psychiatrie. Seitdem hatte er alle Freiheiten, aber auch alle Sorgen, ernst genommen zu werden.

Einmal, erzählte er, als wir wieder im Friseurmuseum saßen, umgeben von wilden Bartfigurationen und UFO-Jürgens kaltes Bier in der Hand, habe auch er bei der Stasi Anzeige erstatten müssen, und zwar in Leipzig. Er sei zur dortigen Bezirksstelle gegangen und nach mehrmaligem Klingeln auch hereingelassen worden. Er mußte seinen Ausweis vorlegen, und anschließend fragte man ihn als Bürger nach seinem Anliegen. Er trug es vor. Es gebe da, sagte er, ein gefährliches, zu allem fähiges Individuum, das, ohne es subjektiv zu wollen, aber objektiv eben doch, immer wieder reaktionäre Verhaltensweisen an den Tag lege. Es beschäme ihn sehr, er sei eigentlich kein Denunziant, doch wolle er sich später keine Vorwürfe machen. Er könne, was diese Person angehe, für nichts garantieren.

Der Diensthabende tippte alles fleißig mit, erkundigte sich nach diesem, jenem und irgendwann schließlich nach dem Namen des als Staatsfeind Verdächtigten.

Karl-Werner erklärte, er bedauere außerordentlich und es falle ihm alles andere als leicht, doch seine Pflicht als Bürger der DDR gebiete ihm, den Namen dieses Individuums preiszugeben. Es sei, er bitte um Verzeihung, niemand anderes als er selber.

Die Staatssicherheit war weniger amüsiert als wir, und sie wies Karl-Werner abrupt die Tür. Aber damit war die Geschichte keineswegs zu Ende.

Er sei, erzählte Karl-Werner weiter, anschließend in keiner guten Stimmung gewesen. Zu Hause habe er die Weltkriegs-Pistole seines Vaters, eine »Walther«, vom Dachboden geholt, ein Päckchen Schlaftabletten aus dem Medizinschrank sowie einen Strick. Damit ausgerüstet ging er zur nahe gelegenen Brücke über der Pleiße. Dort schluckte er die Tabletten, band den Strick am Geländer fest, lud die Pistole. Dann legte er sich die Schlinge um den Hals. Er schob den Lauf der Pistole in den Mund und sprang. Eine Stunde später wurde er, im kalten Flußsand steckend und wimmernd, von einem Passanten entdeckt und gerettet.

Ob, wollte ich wissen, dieser Passant wie einst Jesus übers Wasser gehend zu ihm gekommen oder ihn ganz profan vom Ufer aus gerettet habe?

Karl-Werner schüttelte den Kopf. Naturwissenschaftlich sei alles erklärbar. Kurz nachdem er gesprungen sei, habe er, so viel stehe fest, abgedrückt. Die Kugel sei aber hinten am Hals wieder ausgetreten und habe den Strick durchtrennt, woraufhin er in die Pleiße gefallen sei. Die war sehr flach an diesem Tag, und er sei bis zum Hals im Schlamm des Flusses steckengeblieben. Durch die Kälte des Wassers hätten sich die Blutgefäße des Körpers zusammengezogen und so die Aufnahme des Barbiturats verhindert.

Wir schauten Karl-Werner mit stark erhobenen Augenbrauen an. Er aber, nachdem er die Beweisführung beendet hatte, nahm feierlich einen Schluck Bier, senkte anschließend den Kopf und zeigte uns eine kleine Narbe, die sich hinten am Hals unter dem Haaransatz befand.

Das waren Gespräche.

Angenehm absurd auch die Honecker-Verschwörungstheorie, die er in den letzten Monaten der DDR entwickelte. Durch supergenaues Studium des »Neuen Deutschland«, des SED-Zentralorgans, war ihm, behauptete er, aufgefallen, daß der Generalsekretär seit einiger Zeit bei offiziellen Terminen durch ein Double ersetzt wurde. Offenbar war er tot oder schwer erkrankt. Da fast in jeder Ausgabe des »Neuen Deutschland« ein oder mehrere Fotos Honeckers abgedruckt waren, kam es immer wieder zu ergreifenden Szenen, wenn Karl-Werner die Zeitung ausbreitete, um die Fotos auf ihre Echtheit zu prüfen. Da, dieser Honecker bei der 47. Tagung der Parteikonferenz der Bezirksdelegierten sei natürlich der echte, logisch, klar, sieht man gleich. Der hingegen, zwei Seiten weiter hinten beim Empfang des durchreisenden Vizepräsidenten der bulgarischen Eisenbahnergewerkschaft, eindeutig das Double. Warum hier der echte und da ein Double aufkreuze, könne er, sagte er, nicht wissen, noch nicht wissen. Ich schnitt manchmal Honecker-Bilder aus, um Karl-Werner auf die Probe zu stellen.

Er irrte sich nie. Recht hatte er natürlich auch nicht.

Im Sommer und Herbst '89 kam Abwechslung in diesen bizarren Trott. Eine nicht für möglich gehaltene Ausreisewelle lief über Ungarn und Prag. Mahnwachen, Demonstrationen, Friedensgebete – man überbot sich in Aktivitäten. Regierung, Behörden und Polizei tappten den Ereignissen hinterher. Die Lage spitzte sich, wie man sagt, zu, und so entstand, kein Wunder, eine zugespitzte Lage, die sich immer weiter zuspitzte.

Erich Honecker war nirgends zu sehen, nicht mal als Double.

Sogar im Friseurmuseum verstärkte sich der Besucherauftrieb. Irgendwelche Typen, die irgendwas gehört hatten, liefen herum. Komisch, so viele Leute mit langen Haaren und Bart auf einem Haufen zu sehen, ausgerechnet im Friseurmuseum. UFO-Jürgen hatte plötzlich eine Mission. Die Rede war von einem Forum, von einer Neugründung der Sozialdemokratie-Ost. Unterschriftenlisten wurden herumgereicht wie Mozart-Autographe. Neue Oppositionsgruppen, neue Papiere, neue Forderungen an jeder Ecke. Es wurde über Formulierungen und Parolen gegrübelt, Manifeste entstanden, die jeden Tag wieder umgeschrieben werden mußten.

Uns war dieser Übereifer etwas suspekt und zu übereifrig. Humor war nicht die Stärke dieser Leute. Es gab Streit, ob man »Demokratie jetzt« fordern solle oder, wie einst Willy Brandt, »Demokratie wagen«, ob die Zeit reif sei für eine »demokratische Erneuerung« oder für einen »Demokratischen Aufbruch«.

Ich weiß noch, wie wir leicht indigniert in diesen Debatten und einem stetig anwachsenden Pseudotrubel herumdämmerten, UFO-Jürgen palaverte von »notwendiger demokratischer Kontrolle der Regierenden«, als plötzlich einer dieser Reisebusse durch die Straße kroch. Karl-Werner stürzte aufs Trottoir, stoppte den Bus und rief dem völlig konsternierten Fahrer mit erhobenem Zeigefinger mahnend zu: »Erst einsprühen, dann abruhen!«

Das war die Initialzündung, jedenfalls für Karl-Werner und mich. Wir setzten uns an ein Barbierbecken und erfanden eine Losung nach der anderen, Hauptsache, niemand konnte sie gebrauchen.

»Wer zuletzt lacht, der lacht spät!«, legte ich vor.

Karl-Werner überlegte nur kurz und sagte dann in einem Tonfall, als wäre dies ein das ganze Leben völlig neu gewichtender Merksatz: »Die Kirschen nicht immer im Dorf lassen!«

»Zu viele Schritte verderben den Weg!«

»Im Schatten die Schattierungen nicht vernachlässigen!«

»Die Sonne und der Mond / sind beide unbewohnt!«

»Unter dem Teppich ist viel Sand.«

»Draußen nur Kännchen!«

Und während wir kicherten und vor unserem inneren Auge ein Menschenmeer durch Berlin marschieren sahen, über das Schilder mit unseren absurden Maximen und Reflexionen schwammen, allen voran natürlich Karl-Werners unüberbietbare Parole: »Erst einsprühen, dann abruhen!«, da ging's in diesem Friseurmuseum richtig los.

Eine Protestdemo, eine genehmigte, sollte jetzt tatsächlich stattfinden, angemeldet und organisiert von Schauspielern des Deutschen Theaters, und zwar schon morgen, auf dem Alexanderplatz. Die Euphorie war riesig. Das Durcheinander war groß. Das Friseurmuseum brummte wie nie.

Gleich gab's wieder zahllose Parallelmonologe. Wie blöd es sei, auf einem von der SED genehmigten Parcours zu marschieren. Wie klar es sei, daß diesmal alle hingehen würden. Wie unangenehm, wenn wirklich alle kämen, besonders diejenigen, die sonst die Klappe gehalten hatten. Wie man sich von den Berliner Kodderschnauzen absetzen solle.

Bald stand eine ganz andere, praktische Frage im Raum: Transparente? Man brauchte Transparente. Wir konnten ja nicht mit UFO-Jürgens Bärten, elefantengroßen Perücken und rostigen Rasiermessern zum Alexanderplatz ziehen.

Es wurde telefoniert, Leute kamen, Leute gingen. Kuriere schwärmten hin und schwärmten her. Die Rede war von Sammelstellen und Verteilungspunkten. UFO-Jürgen orderte hochwichtig und generalstabsmäßig Stoffe, Pappe, Farben und Pinsel. Dann sahen alle auf uns, Karl-Werner und mich.

Und UFO-Jürgen sagte: »Okay. Jetzt seid ihr dran.«

Die Stimmung war gut, das Bier kam direkt aus dem Kühlschrank. Die meisten Texte gingen auf Zuruf. Jemand hatte ein Stichwort, dann klebten wir einen Reim dran, fertig. Einer rief: »1. Mai«, und ich schrieb: »Vorschlag für den 1. Mai / die Führung zieht am Volk vorbei.« Dann kam: »Phrasen«, daraus wurde: »Der Dialog wird bald zur Phrase / drum gehn wir weiter auf die Straße«. Aus »Wandlitz« wurde: »Auf nach Wandlitz / schaut ihnen ins Antlitz«, »Wandlitzland in Volkeshand!«

Sprüche, die auch nicht weniger absurd waren als jene Nonsens-Parolen, die wir kurz zuvor erfunden hatten.

Krenz, Egon Krenz, lange FDJ-Chef und eben erst zum Nachfolger Erich Honeckers gewählt, eignete sich besonders gut als Kalauer-Adressat. Wir machten Dutzende: »Demokratie KRENZenlos!«, »Die Volkskammer – ein KRENZkontrollpunkt«, »Immer nur StaatsKrenzen?« »KRENZen überwinden!« »Keinen ausKRENZen!« usw.

Je länger die Nacht, um so frivoler die Slogans. Stasi? Kein Problem: »Stasi in die Produktion / für normalen Durchschnittslohn!« Karl-Eduard von Schnitzler: »Schnitzler in die Muppetshow / Kermit ins Politbüro!« Gorbatschow, Glasnost: »Glasnost! Und nicht Süßmost.«

Es ging praktisch maschinell. UFO-Jürgen reichte neue Zettel, trug die beschriebenen irgendwo nach hinten, wo an einem langen Tisch, auf dem man früher womöglich Giraffenhälse enthaart hatte, die Malerbrigade wirkte. Es war, wie einem erst hinterher klar wurde, eine Nacht von diesen Nächten, von denen später viel herumerzählt werden würde. Ökonomisch und staats- und sicherheitspolitisch betrachtet, handelte es sich um einen Sieg, um einen Triumph des unterdrückten unbekannten Dichtertums über die Mächte – nicht der Finsternis, aber, sagen wir, über die Mächte der grundsoliden, grundmorbiden, grundstupiden Eintönigkeit.

Am nächsten Tag, dem 4. November, bei der Protestdemonstration auf dem Alexanderplatz, dieser ersten Gelegenheit für viele, mal Luft abzulassen, waren sie alle da, von denen wir befürchtet hatten, daß sie kommen würden: die normalen Leute eben. Die über Jahre und Jahrzehnte überall mitgemacht, mitgespielt und mitgelaufen waren. Im Grunde demonstrierten sie gegen sich selbst. Warum auch nicht?

Wir waren schließlich ebenfalls da, das heißt, nicht ganz. Karl-Werner und mir war das Gedränge und Geschiebe auf dem Platz, den sich eine Million Menschen streitig machten, zu unkommod, zumal sich keine Gelegenheit bot, ein als dringlich geboten empfundenes »Protestbier« zu nehmen. So gerieten wir, mehr oder weniger ziellos, ins »Haus des Lehrers«, das an der Seite des Alex aufragt. Im fünften Stock, siehe da, war ein Restaurant, wo man einen wunderbaren Blick auf das Geschehen hatte. Bier gab's auch. Wir hörten die Reden. Sahen überall unsere Parolen auf den Transparenten, die mit Begeisterung hochgehalten wurden. Und fühlten uns wie Hobby-Demiurgen der Weltgeschichte.

Die Ansprachen wurden live im Radio übertragen, das der Wirt laut aufdrehte. In den Pausen erklang Operettenmusik. Mitten in den Takten von, ich glaube, »Orpheus in der Unterwelt« erhob sich Karl-Werner, schlug an sein Glas und bat um Gehör. Die Musik wurde leiser. Er hielt eine kleine Ansprache über das Glück des historischen Augenblicks, dem wir alle beiwohnten, die Drehung des Rads der Geschichte, die sich vor unser aller Augen vollziehe, ja, diese Sternstunde der Menschheit, wie sie weiß Gott nicht alle Tage stattfinde, über welcher wir aber eine zentrale Wahrheit, eine grundlegende Erkenntnis nicht vergessen und niemals aus den Augen verlieren dürften, die da lautete: »Erst einsprühen, dann abruhen!«

13

Raum für Notizen? Fünfundzwanzig leere Seiten zähle ich beim Umblättern am Ende der Akte. War das die von Schnatz für mich projektierte Bearbeitungsdauer? Was wäre danach gekommen? Der Zugriff? Die Deportation in den Lyrik-Gulag? Und warum gab's kein Danach mehr?

Die letzten Wochen der DDR im Herbst 1989, erinnere ich, verbringe ich in rätselhafter Apathie. Wie wenn in einem überlangen und dennoch spannenden Krimi endlich die Stelle mit der Auflösung des Falls erreicht ist und klar wird, daß mal wieder derjenige der Täter sein würde, dem man es am wenigsten zugetraut und gewünscht hätte, halte ich inne. Lege das Buch zur Seite. Denke an etwas anderes. Der Moment der Wahrheit ist eben auch immer nur ein Moment, und danach geht alles wieder von vorn los.

In meiner Wohnung in der Dunckerstraße im Prenzlauer Berg, ein Zimmer, Küche, Außenklo, gab's eine Badewanne, die ich jetzt für mich entdeckte. Man mußte einen Trumm von Schublade unter der Spüle in der Küche herauszerren, eine Rollbadewanne, deren Rollen nicht funktionierten. Das Wasser brauchte ewig, bis ausreichend davon durch die Pipette des Zulaufs getröpfelt war, daß ich hineinsteigen konnte, und dementsprechend lange blieb ich drin – wie Diogenes in seiner Tonne. Wenn jemand kam, der aufgeregt berichtete, wer verhaftet worden, was auf den Straßen los war und sich überall tat, hätte ich am liebsten geantwortet: »Bitte geh mir aus der Sonne!« Aber die Sonne schien ja nicht in meine Hinterhofküche. So sagte ich also Dinge wie: »O Gott«!«, »Ach, nein!« und »Wahnsinn!« und verteilte Schaum im Wasser.

Ich dachte natürlich an Liane. Und versuchte, nicht an sie zu denken.

Bei einer Demo ein paar Tage zuvor, nicht in der Badewanne, die ich ja auch mal verlassen mußte, sondern in der Schönhauser Allee, hatte ich beobachtet, wie zwischen den Reihen der Leute und der Volkspolizisten ihnen gegenüber Geld auf die Straße geflogen war.

Wer wirft denn da mit Geld, dachte ich und sah, daß es von den Demonstranten kam. Sie kramten in den Taschen und schleuderten die verhaßten Alumünzen in Richtung der verhaßten Polizei. Ein surrealer Moment: Die DDR-Bullen waren alles mögliche, in der Regel hundertprozentig blöd – aber bestechlich und korrupt, das nun nicht.

Moses, meinen Studienfreund, begleitete ich zur bundesdeutschen Botschaft nach Prag, in deren Räumen Tausende auf die Ausreise in die Bundesrepublik warteten. Ich wollte es sehen und spüren, wie es sich anfühlt, dort zu sein und eben nicht auszureisen. Und es mir dann vielleicht doch überlegen.

Moses, ganz klar, wollte, mußte weg. Er neigte nicht nur wie ich zum möglichst anwendungsfreien Theoretisieren, sondern seltsamerweise auch zum Golfspiel. Sein Pech und Unglück war, daß es in der gesamten DDR keinen Golfplatz gab. Nicht einen einzigen. Golf war tabu. Zwar existierte kein ausdrückliches Verbot, doch galt dieser Sport in der DDR als kapitalistisches Relikt, das beim Aufbau des sozialistischen Staatssportswesens nicht nur ignoriert, sondern regelrecht wegignoriert wurde. Hier und da soll es, hieß es, Hobbygolfer mit Ästen und selbstgebastelten Schlägern und Bällen und improvisierten 3-Loch-Plätzen in abgelegenen Parkauen gegeben haben, die ganz mit sich allein die sonderbarsten Handicaps der Welt aushandelten.

Wenn es in der DDR keine Golfplätze gab, so gab es doch überall Minigolfplätze. Das waren kleingartengroße Areale, zumeist mit drei, vier ramponierten und verwitterten Bahnen bestückt, über deren Zustand Besucher und Kinder oftmals verzweifelten. Vor dem Parcours befand sich ein hölzernes Wärterhäuschen, wo das Eintrittsgeld entrichtet werden mußte. Auf diesen Minigolfplätzen spielte Moses, aber sozusagen richtig Golf. Das heißt, er markierte irgendeine Ecke des Platzes als Loch, begab sich dann auf die entgegengesetzte Seite und machte mit Minigolfschläger und Minigolfball seinen Abschlag. Der erste Schlag war für gewöhnlich auch sein Handicap. Er wurde regelmäßig hinausgeworfen. Bald hingen auf allen Minigolfplätzen Fotos von ihm mit dem Hinweis, daß diese Person hier Platzverbot habe. Landesweites Minigolfplatzverbot – das mußte man erst einmal schaffen.

Einmal war ich dabei, wie die Fensterscheibe eines Wärterhäuschens zu Bruch ging und wir, Moses und ich, vor dem außer sich geratenen Platzhausmeister fliehen mußten. Oft beschwerten sich andere Besucher, die von einem Querschläger gestreift wurden. Moses entschuldigte sich stets mit ausgesuchter Höflichkeit, bedauerte sein Mißgeschick, versäumte aber nie, auf die besondere Zwangslage hinzuweisen, in der er sich befinde, weil es in der DDR, einem Land, das zwar klein sei, aber nicht so klein, nicht mal einen anständigen Golfplatz gebe. Und die meisten Leute, kein Witz, nickten verständnisvoll und klopften ihm auf die Schulter.

Wenn jedenfalls diese Golfmeise, die er hatte, der Grund war, weshalb er weg wollte, dann war das ein Grund, gegen den man, selbst wenn man wollte, nur wenige Gegengründe, ja, genaugenommen, keinen einzigen Gegengrund vorbringen konnte.

Wir saßen in seiner alten Schüssel, einem verrosteten und in jeder Kurve quietschenden und rasselnden Moskwitsch, der sich zäh vorwärtsarbeitete, und ich versuchte, es ihm auszureden.

»Hast du die Leute gesehen, die da über den Zaun auf das Botschaftsgelände geklettert sind?« fragte ich ihn.

»Ja, und?« gab er zurück.

»Wenn die kämen, und ich wäre da drin, würde ich schleunigst in die andere Richtung ausbrechen. Diese Klientel von Kellnern, Klempnern und Kraftfahrern ... Allein schon die Frisuren ... Das ist doch die Crème de la crème der Kriecher, die Elite des Espritmangels, das Dorado der Dumpfbacken ... Werfen Babys über den Zaun ... Als würden hinter ihnen Maschinengewehrsalven durch die Straßen peitschen.«

»Du spinnst«, stellte er nüchtern fest. »Leute sind überall. Soll ich deshalb nach Nordkorea flüchten wie dein Freund Bert, nur weil da keiner mitkommt?«

Dagegen war schwer zu argumentieren. Solange das Gespräch nicht das Thema Golf touchierte, bestand aber noch eine Chance. Moses, erinnerte ich, hatte einmal einen kurzen Schmalspurfilm gedreht, in dem nur zu sehen war, wie er rückwärts durchs Bild lief - beziehungsweise eben nicht. Er hatte lange geübt, so rückwärts laufen zu können, daß es, wenn der Film rückwärts lief, wie ganz natürlich vorwärts aussah. Das Ergebnis war sensationell. Man sah Hunderte Menschen rückwärts durch die Gegend irren, während ein einziger, Moses, sich langsam vorwärts schreitend seinen Weg bahnte.

»Moses!«

»Ja?«

»Was, wenn wir in der falschen Richtung unterwegs sind?«

»Und welche wäre deiner Meinung nach die richtige?«

»Alle wollen jetzt nach drüben. Das kann unmöglich das richtige sein. Es klingt phantastisch, ich weiß, aber im Moment sieht es wirklich danach aus, als sei's Nordkorea.«

»Was sagt eigentlich deine Liane?« wollte er unvermittelt wissen. Er lenkte gerade den Wagen direkt in die Tiefgarage irgendeines Prager Kaufhauses, wo die Fernstraße aus Berlin offenbar mündete.

»Ich weiß es nicht. Es kam schon lange kein Brief von ihr. Die Telefonleitungen sind zu.«

»Meinst du nicht, es wäre ein Riesending, ein absoluter Coup, wenn du vor ihrer Tür in München stehst?«

»Ja, natürlich«, sagte ich, aber genau wußte ich es nicht.

»Tu's!« Moses blickte zu mir.

»Und dann?« fragte ich.

»Verwirklicht ihr euren Traum!«

Nach einigen konfusen Parkhausmanövern trafen wir endlich ein auf dem Platz vor der Botschaft. Überall drängten sich schon Gruppen von Menschen. Busse kamen und fuhren. Eine beklemmende Euphorie war spürbar. Überall auf dem Boden lagen Münzen, DDR-Geld, und durch die Luft flatterten 20-, 50-, 100-Mark-Scheine wie unförmiges Konfetti.

»Verwirklichung«, erwiderte ich, »ist nicht immer das beste, was der Realität einfällt. War die DDR nicht auch die klassische Verwirklichung. Ver-wirk-lich-en – das Wort sagt doch alles. Man sollte verwirken dazu sagen.«

Noch bevor Moses antworten konnte, öffnete sich das Tor der Botschaft. Die Menge strömte hinein, wir umarmten uns schnell und kurz, und selbst wenn ich es gewollt hätte, vermochte ich jetzt nicht, hinterherzulaufen.

Einsam wie selten, wie eine lebende Statue, blieb ich eine Weile stehen und fuhr dann mit seinem Auto zurück, wobei während der Fahrt zu allem Überdruß und Weltschmerz auch noch die Rückenlehne des Fahrersitzes abbrach. Einfach so. Materialermüdung. Über vier Stunden dauert die Fahrt von Prag nach Berlin – ohne Lehne im Auto eine anspruchsvolle Aufgabe, eine Idiotie, eine Tortur.

Wahrscheinlich war ich der einzige, der in dem Moment in

dieser Richtung unterwegs war, in Richtung DDR, und um mich überhaupt auf dem Sitz aufrecht halten und fahren zu können, umklammerte ich das Lenkrad wie einen Rettungsring. Nach einer verkrampften Ewigkeit zu Hause angelangt, zog ich die Badewanne aus ihrem Küchenversteck und stieg hinein, bevor das Wasser überhaupt den Boden bedeckte.

Der genaue Verantwortungs-Dienstweg in puncto Maueröffnung am 9. November 1989 ist trotz zahlreicher Spezialanstrengungen von der historischen Forschung bislang nicht befriedigend aufgeklärt worden und wird vielleicht noch Generationen von Rätselfreunden in den Bann ziehen, wenngleich für die, die dabei gewesen sind, feststeht, daß ein Cocktail aus banalen Mißverständnissen, Verschwörungen und zwotem Hauptsatz der Thermodynamik hier ausschlaggebend gewesen sein muß. Egal. Was geschehen ist, ist geschehen.

Dieser Donnerstag, der 9.11., ist längst Weltgeschichte, und er ist der Tag der letzten Eintragung von Oberleutnant Schnatz. Es sind drei Zeilen, Zeilen des Abschieds, Zeilen, die nicht wissen, daß sie die letzten sein werden in einer Angelegenheit, von der weder ich, ich sowieso nicht, noch der Oberleutnant ahnen, daß sie zwanzig Jahre später wie ein Vermächtnis aus der Akte ragen.

»Das Verhalten des W. ist zuletzt ohne besondere Auffälligkeiten. Nach seiner von GMS registrierten Ausreise in die CSSR kehrte er am gleichen Abend nach Berlin zurück. Er hält sich seitdem vorwiegend in seiner Wohnung auf. (Name geschwärzt) berichtet, daß in der Küche des W. immer Wasser läuft. Maßnahmen: Postmaßnahme ›M‹ verstärkt aufrechterhalten. Weitere op. Beobachtung des W., insbesondere Aufklärung d. Beteiligung an zunehmenden Vorstößen …«

»Vorstößen« ist gut. Nach »Vorstößen« war mir nicht zumute.

Ich saß am Abend des ominösen Tages in der Schönhauser Allee in der »Lotus Bar«, einem schmierigen Nachtlokal mit Türsteher, gedämpftem Rotlicht und Knutsch-Nischen. Normales Deppengerede schwallte durchs Etablissement, und ich hatte mir gerade eine Nicaragua-Solidaritäts-Cigarre angebrannt und einen Cuba Libre bestellt, als so gegen 22 Uhr die Nachricht von der erfolgten oder unmittelbar bevorstehenden Maueröffnung am Übergang Bornholmer Straße stille-Post-mäßig hereinschneite und sich laut verbreitete. Der Verkehr auf der Allee hatte auch, statt wie gewöhnlich ab-, merklich zugenommen, die Leute standen vorwärts in den Straßen. An den Nachbartischen brach Enthusiasmus aus, ein Grüppchen nach dem anderen zahlte und verließ den Laden, bis ich mit meiner angerauchten Cigarre und dem frisch eingeschenkten Cuba Libre allein blieb, eindrucksvoll umstanden von zwei Serviererinnen und ihrem mich konsterniert musternden Chef hinter der Bar.

Was tun?

Die drei waren ja einerseits keine studentischen Teilzeitkräfte, sondern lebenslänglich angestellte Gastwirtschaftsbeamte, Kollektiv der sozialistischen Arbeit, und sie konnten mich so früh am Abend schlecht rausschmeißen und einfach dicht machen, Schild vor die Tür: »Wegen Maueröffnung geschlossen«. Andrerseits wollten auch sie, wenn's tatsächlich gehen sollte, schnell mal rübermachen, war doch klar, die Gelegenheit, logisch.

Auch ich war keineswegs abgeneigt, aber doch nicht so und unter Preisgabe von Cigarre, Getränk und Würde. Die panikartigen Aufbruchsaktivitäten im Lokal und das Vorüberfluten der Menschen vor dem Fenster hatten einen idiotischen Stolz und die Einsicht in mir geweckt, meine verbleibende Zeit unter den kategorischen So-nicht-Imperativ zu stellen.

Ich war etwas schwermütig geworden und widmete mein Rauchen der Frage, ob man unbedingt durch eine Tür, nur weil sie sich geöffnet hatte, gehen müsse. In vielen Filmen und Büchern, die ich kannte, waren offene Türen ein sicheres Indiz für herangaloppierendes Unheil. Wer in Hitchcocks »Psycho« durch eine Tür spaziert, wird sich zehn Berliner Mauern herbeiwünschen und auch die DDR gern in Kauf nehmen. Sogar Zellentüren, die per Wunder unverschlossen bleiben, sind mit Vorsicht zu genießen – so jedenfalls in der Erzählung »Die Marter der Hoffnung« von Vielliers de l'Isle-Adam, wo ein für den Scheiterhaufen vorgesehener Ketzer in den Kellern der Inquisition in der Nacht vor der Hinrichtung entdeckt, daß die Tür seiner Zelle nur angelehnt ist. Nach ungläubigem Staunen und Zögern beschließt er zu fliehen und stolpert nach Stunden des Bangens direkt in die Arme des Großinquisitors, der ihn am Ausgang des Gemäuers erwartet. Hätte er geahnt, wer ihn in der Freiheit willkommen heißt, er hätte wie ich wohl vorgezogen, gelassen eine letzte Cigarre zu nehmen und auszuharren, anstatt fremdbestimmt durch die Gegend zu hasten.

Das Unbehagen, das die drei einzig durch mich noch festgehaltenen Werktätigen abstrahlten, überstieg alle bekannten zivilisatorischen Grenzwerte. Ein Polizist stromerte in den Laden. Ob wir schon wüßten, daß ... Aha, soso, nun denn. Alle schwiegen. Die Zeit dehnte und blähte sich, und es hätte mich nicht gewundert, jetzt in der Ecke der Bar einen Maler zu entdecken, dem wir regungslos Modell saßen. Möglicherweise waren wir aber auch selber das Bild.

»Da nehme ich doch noch einen Cuba Libre«, sagte ich mit Polizeiunterstützung im Rücken. In den Augen des Barmanns las ich mein Todesurteil.

Er knallte mir das gefüllte Glas auf den Tresen, und ich zog so unbemüht nebenbei wie möglich an meiner Cigarre. Nicaraguanische Cigarren schmecken vielleicht nicht so gut wie kubanische, aber sie geben genausoviel Rauch und Asche her. Das bedeutete, daß mir noch etwa zwei Stunden Qualmen bevorstanden – mir, dem Barmann, den zwei Kellnerinnen und dem Polizisten.

Rauchen, trinken, schweigen - abwarten, was passiert. Ich war eine Art Geiselnehmer geworden, drei Personen hatte ich, einzig mit Cigarre und Rum-Cola bewaffnet, in meine Gewalt gebracht. Und während die gesamte Bevölkerung der DDR auf ihre Staatsgrenze zurannte, bildete sich allein durch meine kontinuierliche Arbeit am Rauchwerk eine Insel der Ruhe mitten in der Hauptstadt.

Der Barkeeper sagte kein Wort. Mal starrte er mich an, mal tat er so, als sei ich Luft, um kurz darauf enorme Leutseligkeit an den Tag zu legen und sich gutgelaunt zu erkundigen, wie lange man denn so an einer Cigarre paffen könne.

Ich antwortete wahrheitsgemäß, es gebe Cigarren, die man wie dreckige Socken schnell mal durchziehen dürfe, und andere, für die man viel Zeit und Ruhe mitbringen, denen man einen ganzen Abend widmen müsse. Das sei verschieden, diese hier zum Beispiel, und ich reckte ihm meine Cigarre entgegen - aber bevor ich weitersprechen konnte, mischte der Polizist sich mit der Bemerkung ein, daß sein Schwager schon einmal drei Stunden an einer Cigarre geraucht habe, um danach drei Stunden zu kotzen.

Der Polizist, er hatte inzwischen etwas sperrig neben mir Platz genommen, schmunzelte über seinen Schwager. Er ahnte nichts von der Gefahr, in der wir schwebten, spürte nichts von der akuten Gefährdung unseres kleinen Idylls infolge der Maueröffnung. Auf der Oberlippe des Barmanns erschienen kleine Schweißperlen. Dann ergriff ich wieder das Wort.

Was gar nicht angehe, sagte ich scheinbar zu meinem neuen Gesprächspartner, dem Polizisten, in Wahrheit aber Richtung Barkeeper, sei die Unsitte, eine Cigarre zu löschen und später wieder anzufackeln. Auch sei es verboten, eine Cigarre im Gehen oder gar im Laufen zu rauchen, das schicke sich generell nicht.

Ob man denn, unterbrach mich der Polizist mit sachlicher Neugier, im Dunkeln rauchen dürfe?

Mit der Frage hatte ich zwar nicht gerechnet, aber sie überraschte mich auch nicht. Im Prinzip – erläuterte ich mit breiten Gedankenstrichen zwischen den Worten, als gelte es, äußerst komplexe Zusammenhänge auszubreiten – ja, aber unter einer Bedingung.

»Und die wäre?« fiel der Barmann höhnisch ein.

»Nun«, erwiderte ich ungerührt, »unter exakt zwei Bedingungen ist gegen das Cigarre-Rauchen im Dunkeln nichts einzuwenden. Erstens: Man muß wissen, wo der Aschenbecher steht.«

Der Barmann und der Polizist tauschten einen Blick. »Und zweitens?« fragten sie fast einstimmig.

»Ein Fenster muß geöffnet sein.«

»Ein Fenster«, wiederholten die beiden andächtig, aber keineswegs überzeugt.

»Es sei denn«, besserte ich meinen Bescheid nach, »man raucht in einem Saal oder in einer Halle. Aber wer raucht schon im Dunkeln in einer Halle!«

Während ich so redete, brauste der Verkehr vor dem Lokal, und niemand nahm Notiz von unserem kleinen Kammerspiel am Rand des Weltgeschehens. Die Kellnerinnen hatten sich inzwischen umgezogen und ihre Serviceschürzchen durch Jacken aus verbrannter und nach außen gestülpter Igelwolle ersetzt. Sie hockten in der Ecke und kehrten uns demonstrativ den Rücken zu.

»Ja gut, ich nehme noch einen Cuba Libre«, hörte ich mich zum Barmann sagen. Ich sagte es, als hätte er mich dazu lange überreden müssen – aber er reagierte nicht, sondern tat so, als denke er konzentriert nach.

»Wieso das Fenster?« meldete sich der Polizist neben mir.

Ich zeigte auf den Zylinder Asche, der sich an der Cigarrenspitze gebildet hatte, und antwortete: »Deshalb.«

Der Polizist nickte, er nickte langsam wie ein schlechter Schauspieler, der den Empfang einer Todesnachricht mimt.

»Asche zu Asche«, sagte ich und schnippte den Kegel in den Becher.

»Aber was hat«, forschte der Polizist nach einer Weile weiter, »die Asche mit dem Fenster zu tun?«

Die Frage brachte mich etwas in Verlegenheit. Um so überlegener begann ich. »Also, Genosse Wachtmeister. Rauchen erzeugt was? Rauch.«

Ich sah ihn an. Er nickte.

»Und dieser Rauch legt sich? In die Luft sozusagen.«

Er nickte wieder.

»Und je länger man raucht? Richtig, desto dicker die Luft. Und dicker wovon? Von Rauch.«

Ich fuchtelte mit der Cigarre wie mit einer Nebelkerze in der Luft herum.

»Jetzt kommt«, fuhr ich fort, »wie's kommen muß, der Punkt, an dem man nicht mehr genau weiß: Raucht man oder atmet man nur?«

Ich machte eine bedeutungsvolle Pause.

»Wissen Sie, was das heißt?«

Er wußte es nicht. Auch ich war nicht sicher, daß ich es wußte.

»Öffnest du eben ein Fenster«, sagte er wie nach einer Eingebung.

»Eben«, rief ich, erfreut über seine Anteilnahme. »Du öffnest ein Fenster, weg ist der Rauch. Aber jetzt haben wir das Problem: Denn wo ist das Fenster!?«

»Ja, wo isses?« wiederholte er versunken.

»Ja, keine Ahnung«, sagte ich, »im Dunkeln kannst du es nicht sehen! Vielleicht ist es verschwunden!«

»Verschwunden?«

»Oder verschollen, vernagelt, vermauert, was weiß ich ...«

»Oh«, unterbrach mich lächelnd der Barmann, er sehe gerade, der Cuba Libre sei praktisch alle, leider.

»Oh«, sagte ich und angelte mir die Dienstwaffe aus dem Halfter des Polizisten, das könne ich aber gar nicht glauben.

»Oh«, machte jetzt auch der Polizist und erbleichte.

Die Kellnerinnen kreischten lautlos auf. Ich schoß mit der Pistole in die Decke über dem Tresen, der Putz spritzte nach allen Seiten, die Gläser wackelten. Die ungläubigen Augen des Barmanns, der schaute, als sei er im falschen Film, waren das letzte, was ich sah, bevor ich aus meinem kleinen Tagtraum wieder in das Zwiegespräch mit dem Polizisten hinüberblendete, das inzwischen offenbar weitergegangen war.

Der Polizist lachte gutmütig. In der Hand hielt er meine Cigarre und probierte sie mit spitzen Lippen. Ich schielte zum Barmann, der einen Zettel beschrieb. Aus dem Augenwinkel sah ich überall auf dem Fußboden verstreut die Kleider der beiden Kellnerinnen, nein: die Tischdecken liegen, die zwecks Stühlehochstellen einfach heruntergeworfen worden waren.

Es war Feierabend.

Die Tür der »Lotus Bar« schloß sich endgültig hinter uns, dem Polizisten und mir. Einen kurzen Moment standen wir noch auf der Straße, umkurvt vom Menschenstrom, der sich sturzbachartig Richtung Mauer ergoß. Die Cigarre dampfte noch etwas in meiner Hand, bis ein letzter Rauchfaden sich von der Spitze der matten Glut abseilte, kringelte, dann zielstrebiger nach oben driftete und sich zu einer steilen Linie formierte, die plötzlich abriß.

Ich verabschiedete mich von meinem Freund und Helfer, dem Volkspolizisten, vielleicht habe ich ihm sogar gedankt, und schob mich in die Menge, die zum Grenzübergang Bornholmer

Straße abtrieb. Die Mauer, siehe da, war tatsächlich offen, wenn auch ihre Öffnung dem ominösen Nadelöhr glich, durch das zahllose Trampeltiere gleichzeitig drängten. Wie ein Pfropfen verklumpten sich die Massen, von einem irren Freudenrausch ergriffen, vor dem eine Handbreit geöffneten Tor, und ich zögerte, mich in den Trichter zu werfen, um drüben, auf der anderen Seite, in Ruhe noch einen Cuba Libre und eine Cigarre zu nehmen.

14

Ausgemacht war, dass ich, wo die Grenzen offen waren, jetzt nach München fahren sollte, daß ich so schnell wie möglich nach München fahren sollte, aber nicht nur die anhaltende Badewannen-Apathie hielt mich vorerst davon ab, sondern etwas anderes, mit dem ich nicht gerechnet hatte.

Ich kam gerade aus der Stadt, aus Westberlin – kein Problem, man mußte nur den Ausweis zeigen –, wo ich beim Blutspendedienst gewesen war, der im Wedding, wie ich erfahren hatte, eine mobile Station unterhielt. Für eine Spende sollte es 40 Mark geben, 40 D-Mark. Eine phantastische Summe. Die Umtauschkurse pendelten zwischen 1:4, 1:5 und sogar 1:10. Wenn ich das Geld mit Glück in DDR-Mark zurücktauschte, konnte ich ein paar Monate Urlaub an der Ostsee machen. Auf dem Flohmarkt am Paul-Lincke-Ufer bekam man dafür ein Paar gebrauchte Puma-Knöchelturnschuhe. Ich würde entweder zwei DDR-Jahresmieten in der Tasche haben oder vier Stunden in Franks Billardsalon in Kreuzberg. Alternativen, die surrealistischen Séancen entsprungen zu sein schienen – aber wie sie entscheiden?

Dazu gab's, oder hätte es gegeben, das sogenannte »Begrüssungsgeld«, das für DDR-Bürger bei Banken und Sparkassen im Westen der Stadt bereitlag, immerhin 100 D-Mark, die ich aber aus psychischen Gründen nicht in Anspruch nehmen konnte, erst recht nicht, als ich die Schlangen an den Schaltern erblickte, die sich kreisförmig umeinander, mehrfach um die Häuser und bis sonstwohin wanden.

Die Schwestern beim Blutspendedienst, den ich nach längerem Herumsuchen in abgelegenen Seitenstraßen im abgelegenen Wedding entdeckt hatte, waren überaus freundlich. Es gab belegte Brötchen, Kaffee, Tee, Orangensaft, Apfelsaft und stilles Wasser mit dem für Ostdeutsche verdächtigen Namen »Staatl. Fachingen«. Ich hatte ein paar Angaben zu machen und auf einer Liege Platz zu nehmen. Dann wurde Blut abgenommen. Ich mußte noch eine Weile liegen bleiben. Als ich nach dem Geld fragte, erfuhr ich, daß die erste Spende unhonoriert bleibe. Hier seien Gummibärchen, ich könne mich bedienen. Geld gebe es beim nächsten Mal, wenn ich wolle, schon in sechs Wochen.

Das war die Lage, die Situation, als ich, geschwächt, verärgert und mit einer Ladung lächerlicher Gummibärchen-Tüten in der Jackentasche, die Treppen zu meiner Wohnung erklomm und eine Erscheinung hatte, eine anämische Sehstörung, eine ganz klare Hinterhof-Fata-Morgana von einem Mädchen, das unterhalb meiner Wohnung auf dem Absatz saß und mich an Liane erinnerte, ja, nein, doch, Liane war.

Ich wollte es nicht glauben.

Ich konnte es nicht glauben.

Sie.

Die Badewanne - mit einem Mal war sie der Hit. Wir blieben sieben Tage drin. Gleich nachdem wir meine Wohnung betreten hatten, schloß sie die Tür von innen ab, nahm den Schlüssel und warf ihn aus dem Fenster. An diesem Schlüssel hing, noch vom Vormieter, ein Ring, so ein Spielzeugschmuck für Kinder, der wie eine kleine Sternschnuppe durch den dunklen Abendhimmel sauste. Dann küßten wir uns. Wir küßten uns lange, sehr lange - wenn auch nicht ganz so lange, wie ich es ein paar Jahre zuvor in einem Gedicht für sie projektiert hatte, das Oberleutnant Schnatz artig aus einem Brief von mir an sie herausschnitt und in seine Sammlung »Mögliche Exekution des Konjunktivs«, wie heißt es?, einpflegte.

Du und ich und ich und du

Leider ist das ganze Leben
In bezug auf sein Motiv,
Als da wäre: Einen heben,
Nasebohren, sozusagen,
Eher kontraproduktiv.
Serien von langen Tagen

Liegen vor und hinter mir.
Ich will dich – nicht nur vermissen.
Es gibt dich – und sonst Gespenster.
Bitte, Liebster, schließ die Tür
Einfach ab, und zwar von innen,
Schmeiß den Schlüssel aus dem Fenster!

Laß uns tun, was wir tun müssen.
Ich und du, wir bleiben drinnen.
Ein paar Jahre schwänzen wir,
Du und ich, um uns zu küssen.

Tatsächlich verließen wir sieben Tage die Wohnung nicht – sieben Tage, die die Welt nicht erschütterten, wohl aber meine annihilierte Lethargie. Liane und ich, wir hatten einiges nachzuholen, und wir taten es, und wie wir es taten, genau so mußten wir es tun. Wäre ich ein unterdrückter unbekannter Untergrunddichter, ich würde es Rausch nennen, Taumel der Sinne, Ekstase. Als Teilnehmer in einem Workshop »Kreatives Schreiben emotionaler Körper-Seele-Geist-Innen-Außen-Perspektiven«, sagen wir gesponsort von »Staatl. Fachingen«, würde ich es so zu formulieren versuchen: Man nehme einen Zug, der mit rasender Geschwindigkeit über die in einem eisigen Winterfrost ans Gleisbett gefesselten Schienen hinwegbraust, deren Schwellen derart vibrieren, daß sie beinahe für immer aus ihrer Verankerung geschleudert zu werden drohen, in die Höhe, in den Himmel, in den Weltraum, wäre da nicht der stählerne, vermutlich tief bis zum Erdmittelpunkt reichende Befestigungspflock, der sie hält und zugleich sensibel mitschwingt, den Takt der Waggons aufnehmend und zugleich unmißverständlich entgegenarbeitend, und in diesem Zug steht vorn, beim Zugführer, ein Glas, und in diesem Glas befindet sich »Staatl. Fachingen«, und während der Zug immer weiter nach vorn fliegt und alle Wände und Instrumente ächzen, sich biegen und spannen, steht dieses Glas ganz ruhig da, und die Oberfläche des Wassers ist ein glatter Spiegel, auf der sich nur gelegentlich ein Wellenkräuseln zeigt, eine unmerkliche Bewegung, die daher rührt, daß sich das Glas, wie man erst jetzt sieht, langsam bewegt, es wandert zur Seite, nach vorn, wieder zurück, immer weiter, bis es von einer haarigen Hand gepackt, nach oben gerissen und, bis auf den letzten Tropfen völlig geleert, wieder zurückgestellt wird.

Wir sprachen nicht viel, denn wir verstanden uns so – außer in der Badewanne, die der Ort der Badewannen-Dialoge war.

»Ich wußte, daß du nicht kommen würdest«, flüsterte sie. »Als ich die ersten Trabis in München sah, wußte ich, daß du nicht da bist. Aber warum, das wußte ich nicht.«

»Ich war ja so oft in Gedanken da«, sagte ich. »Immer wieder in diesem München – ich glaube, ich brauchte einfach mal eine Pause.«

Sie kniff die Augen zusammen und schaute mich an. »So sieht es aus, wenn du die Augen zusammenkneifst.«

»Ich bin auch sauer auf den jungen Alain Delon«, antwortete ich, »daß er den Blick, ohne ein Wort zu sagen, von mir übernommen hat.«

Sie saß mir gegenüber am anderen Wannenende. Ich sah nur ihren Kopf, ihren Hals – was heißt nur? Unter dem Wasser spürte ich die schon vertraute weiche Haut an meiner Haut, und zwischen uns knisterte der Schaum, ein Miniatur-Wolkengebirge, über das unsere Blicke zueinander flogen.

»Du?« flüsterte ich.

»Hm?«

»Daß du hier bist, das ist hochgefährlich.«

»Das sollte es auch sein.«

»Du kennst Schillers ›Ring des Polykrates‹? Wo ein von Glück verfolgter König sein Kostbarstes, einen Ring, ins Wasser, ins Meer wirft, um die Erinnyen, die Rachegöttinnen, zu besänftigen?«

»Wußte gar nicht, daß Schiller Badewannen-Balladen geschrieben hat.«

»Das wußte Schiller auch nicht. Also, der König hat einen Gast bei sich, einen anderen König, der die ganze Zeit nicht müde wird, seinen Gastgeber vor dem unfaßbaren Glück, das er hat, und vor der Rache der Götter zu warnen. Um die zu besänftigen, wirft er seinen Ring ins Meer. Am nächsten Tag entdeckt ihn, glaube ich, der Koch beim Zerlegen eines Fisches und bringt ihn zurück. Den Ring. Ganz brav. Zum König. Und der Gast, als er das sieht, wendet sich, wie Schiller schreibt: ›mit Grausen‹.«

»Und was passiert dann?«

»Nichts.«

»Das ist nicht viel.«

»›Die Götter wollen dein Verderben; / Fort eil' ich, nicht mit dir zu sterben. / Und sprach's und schiffte schnell sich ein.‹«

Sie nickte mir aufmunternd zu.

Ich versuchte, meiner Stimme so viel Tragik, wie ich hatte, zu verleihen: »Ich habe keinen Ring. Nicht mal einen Schlüsselring. Der ist vor ein paar Tagen aus dem Fenster geflogen.«

Die Schaumgeborene erhob sich. »So?« fragte sie und beugte sich zu mir, daß ich nicht wußte, ob ich die Augen auf jeden Fall und um jeden Preis geöffnet lassen oder vielleicht nicht doch schließen sollte.

Sie küßte mich, ich öffnete die Augen.

Sie legte sich sanft auf mich, und ich schloß sie sicherheitshalber wieder.

Dann flüsterte sie mir ins Ohr: »Dein Ring, Geliebter, das bin ich. Und wie du sehen könntest, wenn du die Augen aufmachst …«

»… was würde ich sehen? Sag du es …«

»… bin ich schon im Wasser.«

Am siebten Tag waren die letzten Reste und Gummibärchen-Reserven endgültig aufgebraucht, und wir mußten hinaus. Pizzadienste und Lieferservice gab's in der DDR nicht, in weiten Teilen ja auch kein Telefon, mit dem man, wenn's die gegeben hätte, hätte was bestellen können. Womöglich hätte man in der DDR zunächst einen »Antrag auf Genehmigung einer Bestellung im Bereich personenbezogene Grundnahrungsmittel« abgeben müssen, um dann drei Monate auf den Bescheid über »Zuteilung der Bestellungsanmeldung« zu warten. Klar wäre gewesen, daß man sich dabei das, was man bestellen wollte, nicht aussuchen konnte. Die staatlichen Organe würden den angemessenen individuellen Bedarf festlegen und die Zuteilung entsprechend den gesellschaftlichen Bedürfnissen vornehmen. Das Menü war eh überall das gleiche, in jedem Laden, in jeder Gaststätte, in jeder Clubgaststätte, in jedem Restaurant. Die DDR, zumindest was das öffentliche Angebot betraf, hatte die liebloseste und auf gespenstische Weise geradezu amusischste Küche der Welt, einen ewig gleichen, starren und obskuren Mix aus Gerichten, bei denen man den Eindruck hatte, ihnen lägen Rezepte zugrunde, die ein Legastheniker aus den Resten eines Kochbuchs für Bauernfänger abgeschrieben hat. Es gab stets und immer und immer wieder nur, wenn's das gab und wenn man – »Achtung! Sie werden plaziert« – einen Tisch zugewiesen bekam: Ochsenschwanzsuppe, Schwalbennest, Strammer Max,

Würzfleisch, Kraftbrühe mit Eierstich, Falscher Hase, Steak Letscho, Königsberger Klopse, Szegediner Gulasch, Schweinebraten, Schweinerückensteak, Rumpsteak mit Kräuterbutter – plus minus drei, vier Gerichte, die ich glücklicherweise für immer vergessen habe.

Jedenfalls mit Stasichef Erich Mielke als Franchise-Nehmer vom operativen Broiler-Expreß und Oberleutnant Schnatz als IM »Bringdienst« – die DDR wäre wohl nicht kollabiert. Oder, man weiß es nicht und will's nicht wissen, erst recht.

Wie zwei Heimkinder, die zum ersten Mal auf die Straße dürfen, tasteten wir uns vor in die Wirklichkeit. Liane plante, ich konnte es kaum glauben, den ganzen November zu bleiben. Sie hatte ausgerechnet, daß in den fünf Jahren seit Gründung der »Gruppe 61« 720 Stunden zusammen gekommen waren – das wären 30 Tage, die sie jetzt mit mir verbringen wollte.

Unter Umständen, gab ich zu bedenken, und nach einer Mindestmitgliedschaft von fünf Jahren, so sei es in den Statuten der »Gruppe 61« vorgesehen, könne man sich Zeit auch aus der Zukunft leihen, welche die Gruppe dann später wieder rausholen würde.

Wenn das so sei, sagte sie, dann könne man ja gleich zusammenbleiben.

Ja, zunächst mal das ganze Leben, sagte ich. Zum Ausprobieren. Danach würde man weitersehen.

Wir hatten einen Riesenhunger. Sie bestand darauf, hier im Osten zu bleiben. Ich lehnte das kategorisch ab. Also aßen wir zweimal. Unten im Palast der Republik an der Spree, wo wir keinen Menschen trafen: Schweinenackensteak. Dann begaben wir uns auf die andere Seite der Stadt, durch ein chaotisches Grenzgewimmel am Übergang Oberbaumbrücke. Niemand schien mehr zu wissen, wer was brauchte und vorzeigen mußte. Im schwirrenden und flirrenden »Schwarzen Café« in der Kantstraße angekommen, bestellten wir: einen großen Salat, der aus Salat und Salatsoße bestand.

Ich war verliebt, und ich war fertig wie nie zuvor, und ich war sprachlos und ermattet vor Glück.

Am Abend gingen wir zur Party einer Freundin von Liane in Schöneberg. Liane hatte erst bedenklich abergläubische Bedenken – es war der siebte Tag, die Hausnummer sieben, sieben Stationen mit der U-Bahn und 19 Uhr – und düstere Visionen, weil die Partys dieser Freundin offenbar eine Neigung zum Ausufern hatten.

»Leute, die nie auffallen, reißen sich plötzlich die Kleider vom Leib. Einmal klingelte es an der Tür, und ein alter Bekannter, den jeder für tot gehalten hatte, stand da.«

»Das macht doch Hoffnung«, sagte ich.

»Ja«, sagte sie, »es kann aber auch in die andere Richtung gehen.«

Als wir eintrafen, sah ich das Malheur. Es war, wie bestellt, die erste DDR-Motto-Party der Weltgeschichte, und ich war leider der erste und auch einzige O-Ton-Augenzeuge aus dem Herkunftsland vor Ort. Zahllose Menschen standen in den Fluren, offenbar alles Schauspieler und Theaterleute, die in einer Tanztheater-Performance von »Warten auf Godot« mitwirkten, die gerade angelaufen war. Schwarz gekleidet, schrill frisiert, mit dicken Brillen, sahen sie haargenau aus wie Schauspieler und Theaterleute, die wie Schauspieler und Theaterleute auszusehen versuchten. Sie waren auf Expedition im Osten der Stadt gewesen, von welcher sie ihre Beutestücke mitgebracht hatten. Auf der HiFi-Anlage drehten sich Amiga-Platten mit Melodien von Karat, Stern Combo Meißen und Dean Reed. In der Küche, an deren Decke sich ein riesiger Ventilator wie ein Flugzeugpropeller drehte, gab es ein Buffet mit vertrauten, allzu vertrauten Waren des täglichen Bedarfs: Club-Cola, Spreewaldgurken, Halberstädter Würstchen, Knäckebrot »Filinchen«,

Tempo-Linsen, Heringsfilets mit Tomatencreme, Bautzener Senf, Dresdner Worcestersoße und Sauerkraut vom Obst- und Gemüseladen.

Sehr komisch. Die Mauer fällt, die DDR bricht zusammen, niemand will mehr etwas von ihr wissen, und ich lande ausgerechnet auf einer DDR-Party mit Konsum-Zone.

Liane stellte mich vor, Liane führte mich herum, Liane war an meiner Seite.

»Das ist W., du weißt schon, mein Freund aus Ostberlin.« – »Hallo!« – »Hi!« – »Timo!« »Grüß dich, du kleine Diva!« – »Sag das nicht noch einmal!« – »Aus dem Osten?« – »Jetzt sind sie also schon hier!« – »Liane! Schön, daß du da bist!« – »Hallo Henriette, das ist W.« – »Der W.!« – »Genau der!« – »Hallöchen!« – »Hallöchen!« – »Habe ich dich nicht irgendwo schon mal gesehen?« – »Niemals!«

Es war eine Wohnung mit hundert Zimmern, möbliert mit hundert Leuten.

»Und hier: Das ist Vince, der gerade die Performance gemacht hat, ›Warten auf Godot‹. – »Geht gerade riesig ab bei euch in der Zone, was!« – »Ohne Godot geht's eben auch.« – »Hab noch versucht, die Mauer mitzunehmen. Aber sie ist ja schon durch. Wahnsinn!«

Ich nickte. Und sah mich nach Getränken um. Hoffentlich hatten sie nicht nur DDR-Wein hier. Im Bad, hieß es, sei Bier. Ich ging um Ecken und durch Gänge, vorbei an Gruppen und Grüppchen, die sich allem Anschein nach noch nicht entschieden hatten, ob sie mich für einen Experten oder einen Ahnungslosen halten sollten. Irgendwie geriet ich in den Kreisverkehr, plötzlich stand ich wieder am Ausgangspunkt, wo die Begrüßungsorgie immer noch auf Hochtouren lief.

»Neeiiiiiin!« – »Doch!« – »Ich glaub's nicht, Li-a-ne!« – »Wolfgang! Ich wußte gar nicht, daß du in Berlin bist?« – »Ich auch nicht.« – »Nein!« – »Ja!« – »Und das ist?« – »Das bin ich.«

Ich nickte schwach.

»Klaus!?«– »Wer verlangt nach mir?« – »Darf ich vorstellen: W. aus dem Osten.« – »W.? Das ist Klaus.« – »Klaus.« – »Das ist: W.« – »Alles klar?« – »Es wird immer klarer.« – »Und hier Claudia, meine beste Freundin! Die Gastgeberin!« – »Hey, der Super-Zoni. Sieht gar nicht aus wie von drüben!«

Ich fühlte mich wie mein eigenes Phantom.

Im Bad, das ich nach einigen Rundgängen entdeckte, sah ich zu meiner Erleichterung, daß für alles und vor allem für mich gesorgt worden war. Die Badewanne – auch hier also das wichtigste Einrichtungsstück – war randvoll mit Bier, Wein, Sekt. Drumherum Flaschen über Flaschen. Sorten, die ich nicht kannte, Sorten, die ich heute, nahm ich mir spontan vor, kennenlernen würde. Die Namen der weiten Welt: Curaçao, Ballantines, Gordon's Gin, Absolut Vodka und und und. Als ich zurückkam, hatte ich drei Bier unter den Arm geklemmt, rechts in der Jackentasche eine Flasche Bacardi und links eine Flasche Herradura-Tequila, in je einer Hand eine Flasche Rot- und eine Weißwein, und dazwischen balancierte ich kunstvoll ein Glas Sekt für Liane.

Wieder gab's ein starkes Hallo, Huhu und Hey-hey. »Sieh an, unser Mann von drüben!« – » Ich sage nur: vierzig Jahre Durst.« – »Auferstanden aus Ruinen und den Flaschen zugewandt.«

Liane, ich sah es genau, wurde ein bißchen rot, nur ein wenig, vielleicht gar nicht. Vielleicht fuhr draußen am Fenster gerade ein Auto vorbei und bremste, so daß die Bremsleuchten, die ins Zimmer strahlten, ihrem Gesicht einen rötlichen Teint verpaßten.

Ich reichte ihr das Sektglas und stieß mit einer von drei Flaschen Bier an. Dann schlenderte ich unschlüssig durch Räume und Nebenräume, mischte mich in die Gespräche, trank vom Weißwein, kostete vom Roten und fühlte mich immer wohler.

»... und wenn man bedenkt, wie lange die chinesische Mauer hielt, ist man doch etwas enttäuscht von diesem Berliner Remake«, sagte gerade wer? Vince, der Godot-Macher, umgeben von einem Kreis von Kichernden und Nickenden.

»Kein Wunder«, vernahm ich meine Stimme. »Die chinesische Mauer war schließlich gegen Feinde im Osten gerichtet. Das ist einfach. Eigentlich braucht man da gar keine Mauer. Die in Berlin stand aber Richtung Westen. Und das ist die Wetterseite. Die wird extrem beansprucht. Die verwittert dir bei strengster Bewachung unter den Händen weg. Das weiß jeder Architekturstudent im ersten Jahr.«

Ich hatte die Lacher auf meiner Seite. Nur, wo war Liane? Immer mehr Partygäste wuselten durch die Zimmer. Ich entzündete eine Cigarre und überlegte kurz, ob eine derartige Ansammlung in der DDR anders ausgesehen, anders gewesen wäre, und ich war mir sicher, daß es so war, und wußte gleichzeitig, daß es nicht stimmte.

»... wollte wirklich nur einen Kontoauszug. Aber ich kam überhaupt nicht rein in die Bank. Überall dieser Begrüßungsgeld-Auflauf. Dagegen ist man ja so was von machtlos.«

Das war, wenn ich richtig lag, Claudia.

»Dieses Begrüßungsgeld«, sagte ich und kippte unaufgefordert etwas Weißwein in ihr Rotweinglas, »ist eine Riesenschweinerei.«

»Ach, ja? Auch noch undankbar«, sagte sie pikiert.

»Claudia«, beschwor ich sie, »Begrüßungsgeld! Massenhaft Leute bestechen, die man noch nie gesehen hat. Ein Staat, der das macht, der hat ja überhaupt keine Argumente mehr, die für ihn sprechen. Die BRD ist einfach am Ende.«

Claudia sah mich an und betrachtete die Rot- und Weißweinbrühe in ihrem Glas, die ich angerichtet hatte. Aus den Boxen der HiFi-Anlage erklang der Marschbefehl der Puhdys: »Geh zu ihr und laß deinen Drachen steigen!« Ich mischte etwas Rum mit etwas Gin, und auf die besorgte Frage, was das sei, was ich da trinke, antwortete ich: »Staatlich Fachingen.«

Auf der Suche nach Liane geriet ich dann in der Küche etwas unglücklich in einen handfesten Sauerkrautstreit. Spaß oder nicht – zwei Frauen, von denen ich bis heute nicht weiß, wer sie waren und ob ihr Duell Teil eines Godot-Anschluß-Programms war oder Ausdruck emotionaler Kapriolen, bewarfen sich kreischend mit Sauerkrautbatzen, als ich hinzutrat und prompt am Hals getroffen wurde.

»Godot, da bist du ja endlich!« rief die eine. Ich packte kurz entschlossen die Flasche mit Worcestersoße und verpaßte mir ein paar kräftige Spritzer auf die Stirn. Dann erhob ich mein Wasserglas und hielt eine kleine Ansprache: »Godot hat lange auf sich warten lassen. Zu lange vielleicht. Aber er konnte nicht früher kommen. Mauer und Stacheldraht versperrten ihm den Weg. Jetzt ist er da. Erheben wir unser Glas, denn wir wissen: Es ist nicht das weiche Wasser, das den Stein besiegt, sondern das harte.« Ich stand stark im Wind, den der Deckenventilator machte. »Hoch die Zukunft«, sagte ich, »nieder die Zugluft! Der Kapitalismus hat gesiegt. Keine Frage. Aber auch keine Antwort. Sondern wahrscheinlich Sauerkraut.« Bei diesen Worten griff ich in die Sauerkrautschüssel und schleuderte zwei Handvoll hinauf zum wild rotierenden Ungetüm über meinem Kopf.

Augenblicklich verwandelte sich die Küche in ein Sauerkraut-Tohuwabohu. Alle schrien und warfen mit Dingen, die gerade zur Hand waren. Spreewaldgurken flogen durch die Luft. Fontänen aus geschüttelten Club-Cola-Flaschen spritzten durch die Gegend. Eine Hand beschmierte mein Gesicht mit Senf. Am Ende lagen vier oder fünf Leute erschöpft, versaut und prustend auf dem Fußboden, und ich löffelte Heringsreste aus dem Tomatenschleim einer Fischdose. Aber was war das? Ich spürte einen Gegenstand zwischen den Zähnen. Ich zog ihn hervor und hielt ihn ins Licht.

Zwischen meinen Fingern, wie nicht anders zu erwarten, blinkte ein wenn auch reichlich ramponierter, so doch immer noch matt glänzender Spielzeugring.

In diesem Moment erblickte ich Liane, die offenbar schon länger in der Tür stand. Sie musterte mich wie einen sehr entfernten, schon totgeglaubten Bekannten, dem sie unverhofft wiederbegegnet war. Und dann entdeckte sie den Ring in meiner Hand. Ihr Gesicht, ihre Mimik fror ein wie in Superzeitlupe. Die anmutigen Züge verschoben sich zu einer verzerrten, starren Grimasse des Entsetzens. Sie begann zu zittern.

»Der Ring!« flüsterte sie, »das ist ... das ist ... das Ende. Wir werden sterben.« Und während sie »mit Grausen«, wie Schiller, hier zur Stelle, gedichtet hätte, sich von mir abwendete, ergänzte sie: »Ich will dich nie wieder sehen.«

Am nächsten Tag erwachte ich mit einem überdimensionalen Monstrum von Kater, der mich jedoch keineswegs davon abhielt zu registrieren, daß Liane nicht da war. Sie tauchte auch am übernächsten und dem folgenden Tag nicht auf. All die Monate und Jahre, die ich zuvor ausgeharrt hatte, waren nichts gegen diese drei unendlichsten Tage meines Lebens. Am Mittag des vierten klopfte es, aber es war nicht sie, sondern Godot, auf den man offenbar überhaupt nicht warten mußte, alias Vince, der ein paar Sachen von ihr abholen kam. Er tat es in relativer Schweigsamkeit, die ich mit relativer Schweigsamkeit beantwortete.

Ich fragte ihn, ob er wisse, wie es ihr gehe.

Er sagte, es gehe ihr besser.

Ich gab ihm noch einen Brief mit, darin ein am Tag zuvor geschriebenes Gedicht, eine letzte Exekution des Konjunktivs, für Liane.

Warten nach Godot

Auch dieser Tag ging nicht vorbei
Und stand hilflos herum wie ei-
Ne Zimmerpflanze, die's nicht bringt
Und dumpf im Staub der Zeit versinkt.

Am Morgen war es noch bizarr,
Wie nichts passierte, wie nichts war,
Bis auf die Müllabfuhr, die kam
Und lärmend ihren Müll mitnahm.

Nichts tat sich. Bloß ein Schatten kroch,
Ein schwarzes Monstrum, eben noch
Über die Hauswand vis-à-vis.
Was hätte sein können, war nie.

Sie muß es gelesen haben, immerhin. Jahre später fragte sie mich brieflich, ob sie es für ein Godot-Programmheft nehmen dürfe, und schickte es mir dann zu.

Briefe - wir schrieben noch einige, hauptsächlich ich. Liane berichtete von ihrem Schauspielstudium am Max-Reinhardt-Seminar in Wien, das sie begonnen hatte. Ich schrieb von meinen Plänen, einen Billard-Salon zu eröffnen oder doch weiter Philosophie zu studieren und über mein altes treues Steckenpferd, das Nichts, zu promovieren.

Lange Pausen dominierten das Geschehen.

Vor kurzem kam wieder Post von ihr, die ich in einem Reflex der Geistesabwesenheit beinahe zu den anderen Briefen in die Akte geheftet hätte. Sie meldete, geheiratet zu haben, und bat um Entschuldigung, daß ich zur Hochzeit nicht eingeladen gewesen sei. Ich wisse sicher, könne es mir denken, mir selbst beantworten, die alte Sesamstraßenfrage wiesoweshalbwarum, sorry. Sie teile es mir mit, damit ich mich nicht wundere, sie habe jetzt einen neuen Namen.

Ich schaute auf den Absender auf dem Umschlag. Da stand in ihrer vertrauten, geschwungenen, geliebten Schrift: »Liane Schnatz«.

Heirat hin, Heirat her, dachte ich, so würde ich vielleicht nicht unbedingt heißen wollen.

Schnatz? Wer hieß freiwillig Schnatz?

Es dauerte eine beträchtliche Weile, bis sich in mir die Erkenntnis über die Bekanntschaft mit diesem Namen einen Weg hin zur aktiven Wahrnehmung bahnte. Schnatz! Mein Oberleutnant Schnatz!

Sie wird doch nicht!

Er hat doch nicht!

Niemals. Unvorstellbar. Nein. Nicht einmal als Gedankenspiel.

Einerseits, es hätte etwas. Etwas mit der, sagen wir, Grundperfidie des Daseins durchaus nicht im Widerspruch Stehendes, durchaus Plausibles, wenn nicht sogar Harmonisierendes.

Andrerseits wäre es vielleicht zu passend, schon zu perfekt, zu göttlich.

»Schatz« stand da ja auch, »Liane Schatz«.

Das Lesen, ein Traum.

15

Es ist, als habe man den Ritterschlag der Sinnlosigkeit empfangen. Gesehen, erlebt und erfahren, wie ein Staat, ein Apparat, eine ganze Welt unterging, eine Epoche der Weltgeschichte verschwand, sich selbst zu Müll manövrierte, ins Nichts verabschiedete mit all ihren Stempeln, Briefmarken, Düften, Frisuren, Autokennzeichen, kreischenden Straßenbahnen, Plattenbauten, Pionierappellen, mit den Haustürklingeln, die fehlten, den Dächern, die nicht dicht waren, dem Kaffee, der nicht nach Kaffee schmeckte, mit dem Kommunismus, der kein Kommunismus sein konnte, mit ihren Bäckerbrötchen, die noch Bäckerbrötchen waren, ihren Fahrkarten für zehn Pfennig, ihren Konsummarken, mit den überfüllten Zügen, mit den Schlangen vor Jugendmodegeschäften, vor Obst- und Gemüseläden, vor Gaststätten, vor Postannahmestellen, vor Fahrkartenschaltern, vor den Delikatessengeschäften mit den Erbsendosenpyramiden, mit ihren Feiertagsfahnen an den Fenstern, mit ihren Autobahn-Parolen, mit den selbstgebastelten Lampenschirmen, mit Eierbechern, Broilern, Schuhschränken, mit allen ihren Abkürzungen EVP, VEB, MEW, SED, KVW, GST, DSF, FDJ, NVA, Q3A, SMAD, GOL, AWG, FDGB, DTSB, MIFA, LPG, ABV, ABF, MALIMO, GÜST, mit dem ganzen Aluminiumbesteck, mit den Löchern in den Straßen, mit den im Wind summenden Telefondrähten, mit den ummauerten Blumenrabatten, mit den leeren Plätzen und breiten Straßen, mit den ausgerichteten Fernsehantennen, mit den grauen Gehwegplatten, grau verputzten Häusern, grauen Uniformen, mit den Büchern unterm Ladentisch, mit den Hobbykellern der Hausgemeinschaft, den Schulheften, den Präsent-20-Anzügen, den Armee-Paraden, Fackelzügen, Ferienlagern, Wandbildern, Spartakiaden, ewigen Parteitagen und Klotürbeschriftungen.

Die Wende, würde ich, wenn ich Sportreporter wäre, sagen, war eine beispiellose Demonstration der Stärke der Sinnlosigkeit.

Zwei Leitzordner voller Papier, Papier voller Buchstaben, Buchstaben, die nichts mehr bedeuten, Bedeutungen, die keine Folgen mehr haben, Folgen, von denen eine unüberschaubare Menge Leute betroffen gewesen sind, so oder so, eine Menge von Leuten, die inzwischen tot sind oder bald tot sein werden, die alles vergessen haben und bald selbst vergessen sind – die, die diese Papiere verlangt, beschrieben, abgeschrieben, gelesen, gegengezeichnet, weitergeleitet haben; die, die sie entgegennahmen, anforderten, prüften, lasen, auswerteten; der, um den es ging, gehen sollte, gegangen wäre, ich. Der Lauf der Dinge. Kein Grund, schwermütig herumzugrübeln. Aber doch beachtlich, wie sich das alles ergeben, aufgelöst, erledigt hat, wie nichts davon bleibt.

Wie heißt es? Erst der Staat, dann der Bürger. Dann dürfte es nicht mehr lange dauern, bis auch ich tiefere Bekanntschaft mit der Ritterschaft der Bedeutungslosigkeit machen werde.

Sie hatte wieder angerufen. Sie hatte gebeten, insistiert und sogar als Mensch, wie sie sagte, an den Menschen in mir appelliert. Und es wurde wieder eines dieser Telefonduelle, auf die es in meinen Gesprächen mit der reizenden Frau Schneider vom unterdrückten Untergrunddichterverein immer hinauslaufen mußte. Ich hatte nein gesagt, nein und nochmals – nein, natürlich hätte ich nicht nur nichts, sondern überhaupt nichts gegen das Symposium ...

»... wie hieß es noch mal gleich?«

»›Dichter. Dramen. Diktatur. Nebenwirkungen und Risiken der Untergrundliteratur in der DDR‹...«

»Dagegen spricht gar nichts. Machen Sie es. Aber ohne mich.«

»Herr W.«, rief Frau Schneider mit der gespielten Entrüstung der gespielten Hausfrau, »das kann nicht Ihr Ernst sein! Sie sind, verzeihen Sie, unser bestes Pferd im Stall. Wer, wenn nicht Sie?«

Bestes Pferd? Im Stall? Ich fand sie entzückend.

»Irgend jemand vielleicht?« schlug ich vor. »Waren wir nicht alle verfolgt? Unterdrückt? Im Untergrund?«

»Sie nehmen mich auf den Arm!«

»Außer ich natürlich.«

»Ja, ja«, sagte sie. »Sie waren nie ein Opfer. Der einzige, der keins war.«

»Dazu hat es bei mir einfach nicht gereicht. Bestenfalls Kandidat. Opfer in spe. Aber wer ist das nicht?«

»Herr W.!?« Ich spürte ihre Erregung.

»Grundsätzlich«, sagte ich, »sind doch eh alle der gleichen Meinung. Die DDR war als Staat zur falschen Zeit am falschen Ort, zum großen Teil mit den falschen Leuten bestückt und von falschen Feinden umgeben. Auch falsch konzipiert. Auch falsch verstanden. Aber was ist schon richtig?«

»Machen Sie hier Kabarett mit mir?« Ihre Stimme, kein Wunder, klang etwas gereizt.

»Ohne Ihnen persönlich zu nahe treten zu wollen: Die Veranstaltung, dieses Symposium, kommt mir wie Kabarett vor. Die DDR übrigens auch. Vierzig Jahre Kabarett ...«

»Ich glaube Ihnen kein Wort. Wenn man Sie reden hört, könnte man denken, die DDR war völlig okay!«

»So kann man es sehen: völlig okay – wenn man nicht von ihr betroffen war.«

»Sie, Sie waren aber betroffen, und zwar sehr betroffen!«

»Kann sein, aber das ist meine Privatsache. Und die DDR ist

seit zwanzig Jahren tot. Manchmal denke ich sogar, es hat sie nie gegeben.«

»Alles klar, wie die Mauer«, ergänzte sie spöttisch, »die es ja, wie Sie am Telefon sagten, auch nicht gegeben hat?«

»Welche Mauer?« fragte ich.

Sie schwieg. Entsetzt. Ich war zu weit gegangen.

»Warten Sie«, lenkte ich ein. »Wir können über die Mauer reden. Glauben Sie bitte, ich kann Ihnen nicht sagen, warum, ich weiß es wirklich nicht, aber: Eine Verteidigung, eine Apologie – nein, wenn schon, denn schon –, ein Lob der Mauer, das würde mich heute viel mehr reizen als die immer wieder gleiche Mauertrauer. Wenn ich das machen könnte auf Ihrem Symposium ...«

»Ein Lob der Mauer?«

»Ja, sagen wir: der Idee der Mauer ...«

»... der Idee der Mauer?«

»Vielleicht sogar in einem Gedicht, einem kleinen Lied? Ich habe seit zwanzig Jahren nicht mehr geschrieben, aber für Sie würde ich es tun.«

Frau Schneider hatte genug gehört. »So«, faßte sie zutreffend zusammen, »kommen wir nicht weiter. Wissen Sie was?«

»Sagen Sie's mir!«

»Irgend etwas, Pardon, stimmt mit Ihnen nicht. Ich weiß nicht, warum Sie mir immer wieder Sachen erzählen, bei denen ich das Gefühl habe, Sie spinnen, Sie nehmen mich auf den Arm. Vielleicht ...«

»... vielleicht?«

»Vielleicht verstehe ich Sie nicht. Vielleicht könnte ich Sie besser verstehen, also vielleicht kann ich Sie bitten ...«

»... um alles – außer, sagen wir, daß ich auf Ihrem Symposium ...«

»... daß Sie mir mehr erzählen, ich meine, alles. Ihre ganze Geschichte.«

»Jetzt am Telefon?« fragte ich.

Wir verabredeten uns. Für den übernächsten Tag. Bei ihr. Zu Hause. Sie würde kochen, falls ich nichts dagegen hätte. Ich könne einen Wein besorgen. Warum nicht?

So blieb mir nicht viel Zeit, das »Lob der Mauer« zu schreiben, denn das wollte ich tun. Einfach nur, um die Gesichter der versammelten Widerstandskämpfer der DDR-Wende zu sehen, wie sie sich aufregten und empörten, wie sie um Verständnis rangen, wie sie den Kopf schüttelten, wie sie »Skandal« riefen und »Unerhört!«, wie sie aus Protest den Saal verließen und wie ich ganz allein mit Frau Schneider auf dem Symposium zurückblieb – alles selbstverständlich nur für den Fall, daß ich hingehen würde.

Ein Rieseneklat in allen Medien. Ich würde Interviews geben. Ich würde Erklärungen anbieten. Sagen, daß ich kein Fan der Mauer sei, niemals gewesen sei. Aber Respekt empfinden würde. Respekt vor diesem schlicht gehaltenen Bauwerk, das einen großen Teil meines Lebens – nein: nicht dominiert, nein: nicht ruiniert, aber doch: düpiert, ja, so würde ich es sagen, düpiert hatte. Respekt vor der Mauer, die immer da war. Vor einem Gegner, klar, den ich nicht vermisse. Den ich mir nicht zurückwünsche. Eine Absurdität, der Gipfel des Absurden, die Majestät des Absurden, die ich absurderweise feiern, ja rühmen wolle. Die Mauer, dieses kahle, graue Betonband der Antipathie, das sich durch Berlin zog. Die von allen Seiten Beschützte. Bewachte. Von Vor-, Neben- und Seitenmauern ihrerseits Ummauerte. Die von Peitschenlaternen Umstandene. Nicht sehr Schöne. Abweisende, Schweigsame, Dumpfe, Blöde, Argumente Ignorierende, Idiotische, Brutale, Mörderische, Primitive – ja eben Ärgerliche, sich aber doch über Jahrzehnte Haltende, Behauptende, souverän Trennende und Teilende. Sie war eine Schande, eine Schmach, okay. Aber sie war stärker als ich. Gibt das nicht zu denken, meine Damen und Herren?

Wahrscheinlich nicht.

Lob der Mauer

(teilweise nach der Melodie von »Am Brunnen vor dem Tore« zu singen)

Wo sie war, da war Ruhe,
Idylle, Biotop.
Kein Schwein störte sich an dem Bauwerk,
Das sich durch die Straßen schob.

Architekturkritiker
Bemängelten an ihm nichts.
Und Anrainer erfreuten
Sich des Durchgangsverkehrsverzichts.

Vögel überflogen,
Pollen querten bequem,
Radiowellen passierten
Die Mauer ohne Problem.

Das Leben war hüben und drüben
Mit allen Dingens präsent.
Mit teils konträrer Spezifik
Und der Mauer als Trennelement.

Mag sein, sie war nur ein Remake
Aus China und Jericho.
Doch taugt diese Ahnenschaft weder
Als Contra, noch taugt sie als Pro.

Mag sein, sie war baulich kein Highlight
Und ästhetisch ein Solitär.
Mag sein, sie sprach eher gegen
Als für die DDR.

Mag sein, die Geschichte hat sie
Wie falsch geparkt kassiert.
Doch bleibt die Idee der Mauer
Davon praktisch unberührt

Und hat Gültigkeit auf Dauer
Und behält ihren eigenen Reiz
Zur trennenden Verbindung
Von einer- und andrerseits.

Kein Konjunktiv, nirgends. Die Zeit des Konjunktivs war wohl vorbei, endgültig erledigt, abgelaufen.

Mit den zwei Leitzordnern in der Tasche, einer Flasche Margaux, Cigarren und dem Mauergedicht, das ich ihr widmen wollte, machte ich mich auf den Weg zu Frau Schneider, die in Lichtenberg wohnte, in einem Plattenbau, wie ich beim Einbiegen in ihre Straße feststellte.

Ich war etwas zu früh. Dreimal Schneider entdeckte ich auf den Klingelschildern. Ich läutete überall, der Türsummer wurde betätigt, und ich fuhr mit dem Fahrstuhl aufs Geratewohl in den siebten Stock. Da wartete sie auch schon, begrüßte mich wie einen alten Vertrauten und wirkte jetzt noch mädchenhafter als sowieso. Wir gingen in ihre Wohnung, eine winzige, vieleckige Höhle, vollgestellt mit alten Möbeln, Schrankwänden und hanebüchenem Firlefanz. Überall Teppiche, die mit Brücken unter- und übereinander zu einem geschlossenen Teppichverbundsystem arrangiert waren. Im Sessel der Couchgarnitur im Wohnzimmer saß ein älterer, vom Leben grau gefalteter, aber immer noch alerter Herr, der sich mit der Faust über die Glatze strich.

»Herr Schneider, mein Vater«, stellte sie ihn vor. »Und das ist Herr W., mein ehemaliger Untergrunddichter, der keiner sein will.«

Sie war wirklich charmant.

»Schneider«, sagte er.

»W.«, sagte ich.

Wir gaben uns die Hand. Er kam mir irgendwie bekannt vor.

»W. ist Ihr Name?« fragte er mit routinierter Forschheit. Ich bejahte. Diese Stimme …

»Sind wir uns schon begegnet?« fragte ich sicherheitshalber.

»Vielleicht im Untergrund, wo Sie nicht sein wollten?« gab er lachend zurück. Er blickte um sich. »Entschuldigen Sie, ich wollte sowieso langsam aufbrechen. Lassen Sie sich auf keinen Fall stören. Wünsche den jungen Herrschaften einen guten Abend!«

Sprach's und huschte flink vorbei an etlichen Türen. Frau Schneider eilte ihm nach. Als sie zurückkehrte, zuckte sie mit den Achseln. Ihr Vater sei öfter etwas komisch, das dürfe ich nicht persönlich nehmen.

»Ich werde es stark versuchen«, sagte ich und fiel in den Sessel, in dem eben noch er gesessen hatte. »Aber jetzt brauche ich etwas zu trinken.«

Sie beugte sich zu mir, und ich roch, wie sie roch. »Herr W., ist Ihnen nicht gut?«

»Ihr Vater …«, sagte ich.

»… was ist mit ihm?«

»Kennen Sie ihn schon lange?«

Sie lachte, und sie hörte gar nicht mehr auf zu lachen, und sie lachte auf eine so befreiende Weise, daß ich mitlachen mußte. Sie schien sich gar nicht mehr beruhigen zu können, und nachdem sie es irgendwann doch tat, wischte sie sich die Tränen aus den Augen und sagte: »Wenn das den ganzen Abend so geht, brauchen wir unbedingt eine Stärkung.«

Ich hatte nichts dagegen.

Wir aßen, und wir plauderten, und wir alberten, und wir tranken den Wein. Sie ähnelte, registrierte ich mit Erleichterung, ihrem Vater eher weniger, eher überhaupt nicht.

»Und Sie haben es wirklich geschrieben, das ›Lob auf die Mauer‹?«

»Ich dachte, es sei an der Zeit«, sagte ich.

Sie prustete wieder los. Und ich fiel bereitwillig in ihr Lachen ein.

Dann räumte sie das Geschirr beiseite. »Durch die Durchreiche, alles ganz praktisch.« Mit der Fernbedienung entzündete sie einen digitalen Kamin, der auf dem Flachbildschirm des Fernsehers losflackerte.

»Also. Sie sind dran«, sagte sie und lehnte sich, mit dem Weinglas auf mich weisend, zurück.

Ich brannte mir eine Cigarre an.

»Ich beginne von vorn?« fragte ich.

»Ich bitte darum«, sagte sie.

»Leicht gesagt. Wo fange ich an? Es ist wirklich ziemlich unübersichtlich, chaotisch. Regelrecht verknäult. Es ändert sich immer wieder. Jeden Tag gibt es Überraschungen. Sie, glaube ich, kommen auch drin vor. Würde mich nicht wundern, wenn sogar Ihr Vater eine Rolle spielt.«

Ihre Augen funkelten im Takt des künstlichen Kaminfeuers. »Sie müssen's, glaube ich, nicht spannender machen, als es ist.«

Ich nahm einen tiefen Zug von der Cigarre und einen noch tieferen Zug vom Margaux und versank für einen Moment in den tiefsten Tiefen des Fernsehkamins, und dann legte ich los:

»Es war im Jahr 1988, da hatte mein Freund Bert den perfekten Plan, die DDR zu verlassen. Ausgerüstet allein mit seinem grünen Sozialversicherungsausweis, wollte er am Silvestertag sich über die VR Polen und die UdSSR nach Nordkorea durchschlagen und anschließend irgendwie nach Südkorea weiterziehen. Ein unmöglicherer Weg war schwer denkbar, aber er argumentierte, gerade weil diese Idee so phantastisch, so absurd sei, werde niemand daran Anstoß nehmen.«

ANHANG

Die Geschichte dieses Buches beruht
auf einer wahren Begebenheit.
Die DDR hat es wirklich gegeben.

PERSONEN:

LIANE: Schatz, Liane. Sängerin. Lebt heute mit Mann und Kind in Shanghai, China. Wir schreiben uns alle Jubeljahre. Vor einiger Zeit schenkte ich ihr bei einem Wiedersehen den Kinderspielzeugring »Blaue Welle«, den sie in den Jangtse warf. Er ist seitdem nicht wieder aufgetaucht.

OBERLEUTNANT SCHNATZ: Schnatz, Norbert, Oberleutnant. OM (Operativer Mitarbeiter) der Unterhauptabteilung I der Hauptunterabteilung MB V des Ministeriums für Staatssicherheit der DDR. Keine Ahnung, wo er ist, was er macht. Der Kontakt, der sehr einseitig war, ist nach 1989 abgerissen.

WC: »Weltchef« alias IM »Spieler« alias O.T. Sehe ich gelegentlich in Berlin. Er kümmert sich da um ein paar Läden und Clubs. Kann sich an nichts erinnern. Ist lange her alles, ist alles nicht so wichtig. Stasi? Sicher. Er hatte da seine Leute. Also, er. Logisch. Rein geschäftsmäßig. Fährt jetzt Bentley. Als Zweitwagen.

FRAU SCHNEIDER: Schneider, Anika. Projektleiterin in der Bundesstiftung Durcharbeitung des SED-Regimes. Nach unserer Romanze am Fernsehkamin sah ich sie nicht wieder. Das Symposium fand ohne mich statt. Unter den Mitarbeitern der Bundesstiftung ist ihr Name nicht mehr aufgeführt.

KARL WERNER: Plath, Karl Werner (1951–2006). Straßendichter in Berlin. Shakespeare-Übersetzer. Erfolgloser Jung-Neuerer im Schokoladenwerk, gescheiterter Lokalreporter, geschaßter Zeitungs-Korrektor. Wo er nicht rausflog, ist er nicht gewesen. Zuletzt wohnungslos. Starb im März 2006 auf dem S-Bahnhof Karlshorst unter einer Sitzbank, ignoriert von Passanten, die ihn für einen schlafenden Penner hielten.

Moses: eigentlich: Breuer, Jan. Studierte noch eine Weile Philosophie in diversen Städten. Schrieb ein kleines Buch mit dem Titel »Die Welt danach«. Gründete eine Werbeagentur und verkaufte sie wieder. Lebt heute in Schottland, hat ein Handicap von +2 und spielt gern den Old Course in St. Andrews.

Frau Novelli: Novelli, Tyna. Psychologin, Familientherapeutin. Betreibt in Berlin-Schöneberg eine Praxis für Reinkarnationstherapie und Phantasiereisen.

UFO-Jürgen: eigentlich: Böhme, Jürgen. Wurde nach 1989 noch einmal im Frankfurter Bahnhofsviertel gesichtet. Seitdem verschollen. Möglicherweise von Außerirdischen entführt.

Bert: eigentlich: Steffel, Bert. Lebt, heißt es, in Bukarest und Berlin und pendelt durch die Welt als Reisefotograf.

Die Gruppe 61: Meerschwein Hugo verschied in den achtziger Jahren. Die Standuhr fiel 2005 um und zersprang in tausend Stücke. Ich, letztes Gründungsmitglied, zähle die Sekunden weiter vorwärts. Demnächst werde ich auf dem Zeitverlängerungskonto ein Guthaben von 120 Tagen angesammelt haben.

Die nachfolgenden Seiten sind Auszüge aus den Original-Stasi-Akten.

Oberleutnant Schnatz (Hg.)

»MÖGLICHE EXEKUTION DES KONJUNKTIVS«

Auszug aus dem
Einleitungsbericht, Beifügung 3
Unterhauptabteilung der Hauptunterabteilung I/XX
Berlin, 10.09.1989

In der Freizeit beschäftigt sich der W. vorwiegend mit dem Schreiben von Gedichten mit politischem, gesellschaftlichem und sonstigem Inhalt. So schrieb er bereits 1981 ein Gedicht über seinen Beruf, das erhebliche Zweifel an seinem Lebensinhalt erkennen ließ, und schickte dieses an seine Freundin in die BRD. In vielen der Gedichte bringt W. fatalistische Anschauungen und Zweifel am Sinn des Lebens im Sozialismus zum Ausdruck. Ferner wird deutlich, daß W. zu Teilbereichen der Gesellschaft eine negative Grundhaltung hat. So verleumdete er im »Lied eines Hundediebes« öffentlich Stellung und Rolle der führenden Repräsentanten unseres Arbeiter- und Bauernstaates und gab sich selbst als willenloses Werkzeug des Gegners zu erkennen. Inoffiziellen Berichten zufolge nutzt der W. seine Wohnung, um derartige Gedichte zu verfassen und mittels Schreibmaschine zu Papier zu bringen. Die vorliegenden Hinweise stellen in ihrer Gesamtheit operativ bedeutsame Anhaltspunkte gemäß RL 1/81 dar, die die Bearbeitung des W. in OPK rechtfertigt.

Im Verlauf der bei dem W. operativ durchgeführten Wohnungsdurchsuchung konnte eine Reihe von Schriften mit verleumderischem und diffamierendem Charakter sichergestellt und kopiert werden, darunter der Inhalt einer Mappe mit feindlich-negativen Gedichten unter dem Titel »Mögliche Exekution des Konjunktivs«. Es kann eingeschätzt werden, daß eine drohende Veröffentlichung dieser Gedichte damit im Ansatz vereitelt werden konnte.

Wiederholt kokettiert der W. mit der sog. »Möglichkeit« und bezieht sich scheinbar ironisch auf den Konjunktiv. Hierzu ist festzuhalten: Der Konjunktiv nimmt einer Aussage das Entscheidende, die Wahrheit. Alles ist offen und ›möglich‹, nichts ist notwendig, nichts muß sein. Mit dieser erklärten Grundhaltung steht W. im offenen Widerspruch zur wissenschaftlichen Weltanschauung. Was im Konjunktiv steht, muß nicht stimmen. Alles bleibt zweifelhaft im Sinn von »angeblich« und fragwürdig. Außerdem dient der Konjunktiv dem Zweck, etwas von vorneherein in Abrede zu stellen. In einem Gedicht behauptet der W. sogar: »Real ist nicht die Realität.« Das heißt nichts anderes, als daß für den W. der real existierende Sozialismus in der DDR objektiv »real« nicht existiert.

Die in der Beifügung 3 zum OPK ›Spiegel‹ u.a. durch die Postmaßnahme M positiv erfaßten »Liebesgedichte« an die Freundin im NSA dokumentieren eindeutig und wiederholt konkrete Republikfluchtabsichten des W. auf dem Land- und Luftwege. Gegenüber Dritten hat sich der W. immer wieder über seine Absicht geäußert, nach Portugal »überzusiedeln«, vorgeblich um dort am Strand zu sitzen, zu lesen und Wein zu trinken. Das Persönlichkeitsbild des W. weist kleinbürgerliche Elemente auf.

Zusammenfassend kann festgestellt werden, daß die Texte des W. geeignet sind, die staatliche und gesellschaftliche Ordnung herabzuwürdigen, und sich deutlich an der Grenze zur strafrechtlichen Relevanz bewegen. Insbesondere wird auf das »Sonett Nr. 66« hingewiesen, in dem sämtliche Negativtendenzen und Klischees des Klassenfeinds gegenüber der sozialistischen Gesellschaft eindeutig auf den Punkt gebracht sind. Hier ist im Rahmen einer umfassenden Aufklärung und weiterer operativer Maßnahmen dringend der Verbleib der anderen 65 oder mehr Sonette sicherzustellen und entsprechend operativ auszuwerten. Das Erscheinen von Schriften diffamierenden Charakters wie diesen in der DDR oder im NSA muß mit allen zur Verfügung stehenden Mitteln unterbunden werden.

Frage eines jugendlichen Arbeiters

*Am Abend steh ich vor dem Spiegel,**
Ich grüble einfach vor hin.
Ich frag mich, ob ich lebe oder lüge,
Ob ich das will, was ich jetzt bin?

Ich bohre Löcher ins Metall,
Ich säge Eisen, biege, schraube,
Ich löte, klopfe, schlage überall
An meinen Kopf, damit ich's glaube.

*Weil mein Beruf mein Herz zerstört,***
Weil ich verlier dort das Gefühl
Weil ich das tu, was sich gehört,
Werd ich senilkonfus, konfus-senil.

Der Stumpfsinn ödet mich so an.
Ich kann dir gar nicht sagen, wie.
Er ödet, er ödet, er ödet. Bis wann
Das geht? Wann das aufhört? Nie.

Ich werde hier versinken und versauern
Bei Schaltanlagen, tief im Graben.
*In Kellern, Schächten, hinter Mauern****
Werd ich mich selbst vergessen haben.

Ich werd mich selbst zum Eisen gießen.
Mein Kopf wird bald ein Schalter werden.
*Und Lötzinn wird durch meine Adern fließen.*****
*Und, tja. Das war es dann auf Erden.******

Am Abend steh ich vor dem Spiegel,
Ich grüble einfach vor hin.
Ich frag mich, ob ich lebe oder lüge,
Ob ich das will, was ich jetzt bin?

* »Am Abend vor dem Spiegel« – Westzeitschriften? Klärung Wohnung / Umfeld / Reisekader / Devisenvergehen / Unterhaltungskünstler

** Zweifel an Lebensinhalt

*** »Hinter Mauern / selbst vergessen«! Gemeint hier die Staatsgrenze der Deutschen Demokratischen Republik zur BRD und zu Berlin (West). Übernahme des gegnerischen Sprachgebrauchs / Sprachregelung durch das (auch noch im Plural!!) verwendete Wort »Mauern«. Ablehnung der Grenzeinrichtungen der DDR als notwendige Schutzmaßnahmen gegen den Versuch einer imperialistischen Aggression. Die Wendung »selbst vergessen« zeigt die unverhüllt eingestandene Abkehr von früheren gesellschaftlichen Aktivitäten (Wandzeitungsredakteur in der Pioniergruppe, Abzeichen Gutes Wissen in Silber). Zweifel an Klassenstandpunkt und der Historischen Mission der Arbeiterklasse

**** W. konstruiert Entscheidung für bewußte und vorsätzliche, öffentliche Nichtteilnahme am Aufbau des Sozialismus und am gesamten gesellschaftlichen Leben der DDR (hier auch konkretere Deutung möglich bei »Lötzinn« als Untergrund-Jugendsprache für Blödsinn, sprich: »Blödsinn wird durch meine Adern fließen.« Absolute Negierung aller Sinn- und Betätigungsangebote (bspw. der soz. Massenorganisationen) und daraus folgend in Konsequenz feindlich-propagandistischer Selbstmord, siehe »Das war es dann auf Erden«

***** »auf Erden« = altertümlicher, pastoraler Sprachgebrauch / Klärung mgl. Kontakte zu Kirche von unten erforderlich oder auch Entscheidung zum Übergang PID (Politisch-ideologische Diversion zu PUT (Politische Untergrundtätigkeit). Siehe auch Kopf-Schalter (Umschalten: Wohin?) / »bald ein Schalter« = offenbar Zeitangabe (Beobachtung durch Abt. VIII mit zwei Gruppen kurzfristig)

Lied des Hundediebes*

*Heimlich*** um die Ecke*
Bring ich dich, und zwar.
Wie, zu welchem Zwecke
Ist mir selbst nicht klar.

* offenbar Anspielung auf führende Funkt. d. Partei- und Staatsführung

** »Hundedieb« auch nach Durchsicht Vorgang / Handakte unklar. W. ohne Bezug Hundehaltung / Dienst- und Gebrauchshundesport. Möglicherweise Codewort, für siehe unten, (Text per F 257 (Formular Dechiffrieranfrage) an Abteilung III, Ref. Krypt. / Dechiffr. zwecks Klärung) Eindeutiger Hinweis auf PUT, siehe Frage oben. »Heimlich um die Ecke ..., wie zu welchem Zwecke« Kritische(?) Reflexion / mgl. Scham(?), sich als ferngesteuerter Agent / willenloses Werkzeug dem Gegner zur Verfügung gestellt zu haben. (Ansatz für Vernehmung / aber erst in 3/3)

Mögliches Motto

Ein Lied in allen Dingen schlief?
Kann sein. Doch nur im Konjunktiv. *

* (schwarz unterstrichen) Konjunktiv! Was im Konjkt. steht, muß nicht stimmen, wird bezweifelt.

AM SCHRAUBSTOCK

*zur falschen zeit am falschen ort**
*tu ich das falsche***, *wie ich seh*
ich feile, ich feile

*wär gern bei dir, wär gerne fort****
mit dir natürlich, schönste fee
ich feile, ich feile

ich feile, weil wir feilen müssen
*vielleicht bis zur versenkung*****
ich feile, ich feile

ich schlage vor, daß wir uns küssen
*mal ohne zeitbeschränkung******
ich feile, ich feile

* (schwarz unterstrichen, zwei Ausrufezeichen) mit »falscher Ort« offenbar DDR und ihre volkseigenen Betriebe gemeint

** erkennbare Zweifel am Lebensinhalt

*** (schwarz unterstrichen, drei Ausrufezeichen)

**** negative Grundhaltung zum Sinn der Ausbildung. »Versenkung« evtl. auch Planung des Verschwindens ins NSA in Bedeutung von »Abtauchen / Verschwinden«. Prüfung Möglichkeit ggf. für Anschlagspläne im Rahmen einer Versenkung (Vernichtung) von Volkseigentum durch Abt. XX.

***** (schwarz und doppelt unterstrichen, drei Ausrufezeichen) fluchtwillig

Romeo und Julia, als Brieffreunde verkleidet

Ich hatte dich nicht erwartet.
Da warst du plötzlich hier.
Und als du gingst, da war es
Praktisch geschehn mit mir.

Wie abgemacht war nichts.
Die Dinge warn verschwommen.
Und daß es dazu kam,
Dazu sollte es nicht kommen.

Wie soll ich sagen, alles
War unerforschtes Gebiet.
Ich wußte nie, was zu tun ist.
Du wußtest nicht, was geschieht.

Du schliefst mit meinen Briefen.
Ich ging mit deiner Schrift.
*Dann stießen wir an Grenzen,**
*Was die weitere Forschung** betrifft.*

* (unterstrichen)
** (Fragezeichen) »Forschung« hier Aufklärung der Möglichkeit für illegalen Grenzübertritt. Überprüfung und Erstellung eines Bewegungsbildes des W. durch IM »Spieler«

Mögliche Exekution* des Konjunktivs

Ich habe eine der Liebsten,
Und diese Liebste ist schön.
Ich wollt, ich könnt mit der Liebsten
Mal um ein paar Ecken,
Mal hinter die Hecken,
*Von hier bis nach drübsten***
*Gehn.****

* (unterstrichen, Ausrufezeichen) »Exekution = Hinrichtung bzw. Ausführung. Gemeint offensichtlich die beabsichtigte Ausführung einer Möglichkeit, hier: Republikflucht ins NSA

** operativ bedeutsam – objektiver Hinweis auf Fluchtwilligkeit, Relevanz angezeigt durch »drübsten«, hier in gesteigerter bzw. nicht mehr zu steigernder Form

*** Flucht geplant zu Fuß / Überprüfung ggf. sportliche Betätigung des W. im Ausdauerbereich / »nach drüben gehen« = Sprachgebrauch d. Klassenfeinds für illegalen Grenzübertritt

Für dich*

Für dich ist dies Gedicht geschrieben.
Dafür sollst du mich einmal lieben.
Dafür sollst du mich einmal küssen.
Und nicht nur einmal, sollst du wissen.
Und nicht nur küssen, meine Liebe.
Ich denke auch an andre Triebe,
*Die, weißt du, weiter südlich** liegen.*
Ich dichte nur. Um dich zu kriegen.

* Offenbar ein Liebesgedicht. Maßnahmen: Liebesbeziehung des W. auswerten u. operativ weiter unter Kontrolle halten

** (schwarz unterstrichen) Operativ bedeutsam, mögl. chiffrierter Hinweis zu Plänen des W., mit KP nach Portugal zu gehen, objektiv zu IM-Berichten

Mal unter uns*

Die dummen Schweine, die da thronen
In allerhöchsten Positionen
Und in den abgesperrten Zonen,
Wo sie mit warmen Hintern wohnen
Und ihre Ärmelschoner schonen,
*Nicht eine Zeile würde** für sie lohnen.*

* (alle Zeilen schwarz unterstrichen) Verleumdung und Diffamierung, öffentl. Herabwürdigung von Stellung und der Rolle der führenden Repräsentanten, Verunglimpfung des Soz. gemäß Paragraph 220 StGB. Maßnahme: Einleitung OPK

** angeblicher Konjunktiv / Schutzbehauptung

Dringende Bitte

Baby, wenn du sterbst,
Baby, dann ist Herbst.
Nicht nur diese Jahreszeit.
Sondern alles landesweit
Hat dann, ehrlich, keinen Sinn,
Wenn du wärest hin.
Ringsumher sinkt das Niveau,
*Sogar im Politbüro.**
An muß ich dich flehen,
Nicht von mir zu gehen.

* Feindlich negativer Charakter klar erkennbar. Es handelt sich scheinbar um ein Liebesgedicht

NIEMANDSLIED

Auf- und abschwellender
Lärm ist der Tag
Mattes Licht Schweiß
*Gesundheit Gelaber Gewäsch**

Zerknülltes Käsepapier
*Kinder Kampf Revolution***
Korkbrösel kackende Taube
*Und Flaschen mit Stierblut*** im Kühlschrank*

* (unterstrichen, Ausrufezeichen) mangelnde Einstellung des W. zum Sinn des sozialistischen Lebens, Denunzierung der öffentlichen Verlautbarungen von Partei und Staat

** Verleumdung und Diffamierung der revolutionären Errungenschaften

*** Tierblutmetapher! / Sicherstellung mögl. Bezugsquellen des W. zu Veterinärprodukten / Evtl. Codewort / Überprüfung im Zusammenhang mit »Hundedieb« (s.o.) Formular Dechiffrieranfrage an Abteilung III

Volkslied*

Wenn ich paar Flügel hätt.
Und auch ein Vöglein wär.
Flög ich zu dir
Durch die Luft
Wie ein Kuß.
Gerade aus.
Um die Ecke.
Dann auch mal quer.
*Über die Mauer.***
*Am Himmel lang.****
Schluß.

* demagogischer Bezug auf sog. Volkstümlichkeit unter Verwendung stereotyp. Vokabeln aus Märchen etc. Veröffentlichung unterbinden durch notfalls OMV

** (Ausrufezeichen) Operativ bedeutsam - unverhüllter Sprachgebrauch des Gegners

*** Aufklärung Verbindungskreis des W., Mitgliedschaft in der GST / Segelflug hinsichtlich konkreter Fluchtpläne bspw. per Ballon oder Flugzeug

Äpfel, mit Birnen verglichen*

Sie ist eine Birne.
Ein Apfel ist er.
Und ein Vergleich fällt
Durchaus nicht schwer.

Er hängt am Apfel-,
Am Birnbaum hängt sie.
Vergleichbarer geht's kaum
In der Obst-Szenerie.

Sie schmeckt es-geht-so.
Er so-es-geht.
Das klingt nicht, als ob kein
Vergleich gehn tun tät.

Gestern mit morgen,
Geld mit Papier,
Frauen mit Männern,
*Woanders mit hier**.*

Verglichen wird vieles,
Was gerade paßt.
Bierdurst mit Sterben,
Knackwurst mit Knast.

Liebe mit Sternstaub
Und Text mit Kompott
Und Schweine mit Alltag
Und Würfeln mit Gott

Und Krieg mit Familie
Und Ärsche mit Hirnen.
*Man kann alles vergleichen,****
Auch Äpfel mit Birnen.

* für IM »Spieler« angefertigtes Gedicht, Maßnahme: Vertiefung der scheinbar vertraulichen Beziehung zum W. mit dem Ziel, an weitere und »härtere« Gedichte zu gelangen

** indirekte Bestätigung = Ankündigung, daß W. nach Möglichkeiten sucht, »woanders« zu leben = NSA

*** (unterstrichen) bürgl. relativistische Anschauungen

Wie es aussieht

Ein Problem ist kein Problem.
Nichts ist, was niemand wüßte.
Was sagt die Zeit? Sie steht.

Real ist nichts von dem,
Was real sein müßte.
*Das ist die Realität.**

* (unterstrichen, Fragezeichen) offener Angriff auf wissenschaftl. Weltanschauung und Grundlg. der Gesellsch. W. betrachtet den real existierenden Soz. in der DDR objekt. als »nicht real«.

Uhrenvergleich

Es ist ein magischer Moment:
Die Uhr, auf die ich schaue, rennt,
Während die andre nebenan,
Weil sie nicht mehr gehen kann,

Steht. Kaputt ist und seither
Auf halb drei weist so wie der
Zeiger jener Uhr, die fleißig
*Tickt und zeigt: 14 Uhr 30.**

Sei's wie's sei und wie man's sieht:
*Die Zeit vergeht. Und nichts geschieht.***

* (Zwei Fragezeichen) Uhrzeit abgleichen mit Informationen Einsatzgruppe bzw. Dechiffrierung anhand von Informationen aus Material OPK

** Hinweis auf evtl. Verzögerungen der Pläne des W., die DDR verlassen zu können. Offensichtlich konkrete Schwierigkeiten oder Hindernisse / weitere Abklärung Verbindungskreis und Überprüfung durch Postmaßnahme M

Plan und Gegenplan*

*Die Welt ist groß. Das Land ist klein.***
Der Mensch ist fett. Die Luft ist dünn.
*Die Straßen führen nirgends hin****
Als nur zu dir. So soll es sein.

Das Land ist klein. Die Welt ist groß.
Die Luft ist dünn. Der Mensch ist fett.
Und auf den Straßen ist nichts los.
Ich will zu dir. Und zwar ins Bett.

Was wir da tun? Ich würde gern
*Dir Näheres vor Ort***** erklärn.*

* Plan und Gegenplan = bewußte Verhöhnung des soz. Planungswesen

** Anspielung und Zusammenhang auf mehrfach geäußerte Fluchtabsichten des W. – Überprüfung Kontakte mittels Postmaßnahme M zur Sicherstellung Verbindungen ins NSW

*** Straßen, die nirgendwohin führen, Erkenntnisse zu Verbindungspartnern des W. sammeln und Überprüfung Aufenthalt des W. im Grenzgebiet

**** München? Aufklärung genauer Adresse: »vor Ort«

Zeitgedicht

Laß uns es tun. Bereichern wir die Zeit mit Zeit.
Bedenken wir, daß wir uns länger brauchen.
*Wir müssen es riskieren**. Wie? Zu zweit.*
Beginnen wir mit Küssen und mit Rauchen.

Der Rest wird sich dann leicht von selbst ergeben.
Du weißt, nicht lange haben wir noch Kleider an.
Ich schlage vor, daß wir uns aufeinanderlegen.
Weil man die Zeit am besten so verbringen kann.

Was dann passiert? Wir schauen auf die Uhr.
Sie geht leicht nach. Eine Sekunde nur.

* (unterstrichen, Fragezeichen) Was?

Absprache* erwünscht

In München du.
Ich in Berlin.
Hätt nichts dagegen,
Mal umzuziehn.

*Ich wäre bei dir.**
Eh du dich versiehst.
Wenn du nicht zugleich
Nach Berlin umziehst.

* (unterstrichen, Ausrufezeichen) Aufklärung des Verbindungskreises des W., insbesondere Verbindung in das NSA. Offensichtliche Kontakte und Absprachen erwünscht? Ziel der Übersiedlung klar formuliert. Siehe OPK. Evtl. Ansatz für Vernehmung unter Beachtung d. Gewährleistung d. Quellenschutzes

Sonett Nr. 66*

*Ich hab es satt. Wär ich ein toter Mann.***
Wenn Würde schon zur Bettelei geborn
*Und Nichtigkeit sich ausstaffieren kann****
Und jegliches Vertrauen ist verlorn
Und Rang und Name Fähigkeit entbehrt
*Und Fraun vergebens sich der Männer wehrn*****
*Und wenn der Könner Gnadenbrot verzehrt******
Und Duldende nicht aufbegehren
*Und Kunst gegängelt von der Obrigkeit*******
Und Akademiker erklärn den Sinn
Und simples Zeug tritt man gelehrsam breit
*Und gut und böse biegt sich jeder hin.********
*Ich hab es satt********. Ich möchte weg sein*********, bloß:*
Noch liebe ich. Und das läßt mich nicht los.

* (Ausrufezeichen) offensichtlich eine Reihe weiterer Gedichte vorhanden, Aufklärung, wo sich die anderen Schriften befinden. Evtl. Einsatz OMV und verschiedener IM mit Auftrag, W. gezielt Nr. 65 usw. abzuverlangen

** (Ausrufezeichen) Defätistische Tendenzen / evtl. suizidale Phantasien / Feststellung evtl. nekrophiler Neigungen des W. durch Friedhofbesuche mit IMS

*** (Zwei Ausrufezeichen)

**** Plumpe Demagogie, die Rolle und Stand der Gleichberechtigung der Frau im Sozialismus unterminieren und in Zweifel ziehen soll

***** Verhöhnung der Errungenschaften des Soz., unter Verwendung stereotyp. Parolen des Klassenfeinds. Altertümlicher Sprachgebrauch soll staatsfeindliche Hetze verschleiern und als historisch legitimieren

****** (Vier Ausrufezeichen) Herabwürdigung und Verächtlichmachung führender Persönlichkeiten. Begriff aus Feudalismus / soz. Repräsentanten = Obrigkeit

******* Diffamierung des soz. Rechtssystems unter Zuhilfenahme scheinbarer Kindersprache = gut + böse

******** Sämtliche feindl. Negativtendenzen eindeutig auf den Punkt gebracht

********* (doppelt unterstrichen, fünf Ausrufezeichen) Wiederholt konkret geäußerte Absicht eines Republikfluchttatbestands

Du und ich und ich und du

Leider ist das ganze Leben
In bezug auf sein Motiv,
Als da wäre: Einen heben,
Nasebohren, sozusagen,
*Eher kontraproduktiv.**
Serien von langen Tagen

Liegen vor und hinter mir.
Ich will dich – nicht nur vermissen.
Es gibt dich – und sonst Gespenster.
Bitte, Liebster, schließ die Tür
Einfach ab, und zwar von innen,
Schmeiß den Schlüssel aus dem Fenster!

Laß uns tun, was wir tun müssen.
Ich und du, wir bleiben drinnen.
*Ein paar Jahre schwänzen** wir,*
Du und ich, um uns zu küssen.

* (unterstrichen)
** Überprüfung Umfeld und KP des W. hinsichtlich auf Untertauchen, Entziehung Zugriff / Aufklärung mögliche Geldgeber und Unterstützer des W. im NSA durch IMS

Der Spurwechsel

Ich sitze im Wagen
Und wechsle
Zum Überholen
Die Spur.
Ich war gern dort, wo ich herkomme.
Ich bin gern da, wo ich hinfahre.
Auch unterwegs zu sein ist schön.
So könnte es immer weiter –
Gähn.

Enormer Dank an:

J.S.S.

sowie
Mario Albrecht, Christoph Bigalke, Angelika & Nik Bingel, Uwe Boek, Jens Breunig, Paul Dluzniewski, Piotr Dluzniewski, Matthias Eckoldt, Ralph Gerstenberg, Bert Sander, Eva Maria Salmang, Oliver Maria Schmitt, Wolfgang Schneider, Stefan Schwarz, Horst Tomayer, René Unglaube, Wladimir Woinowitsch

Umschlaggestaltung: Michel Keller, München

Satz + Typografie: www.frese-werkstatt.de
Druck und Bindung: Clausen und Bosse, Leck
ISBN 978-3-88897-553-0
1 2 3 4 5 • 12 11 10 09